문영 시집

언젠가
푸르던
혹성의
비망록

시인의 말

관성으로만 길어 올리는 시들은 사람들의 갈증을 해소하기는커녕, 자신의 관슬도 꿰뚫지 못하고 언저리에서 머뭇거리다가 비문이 된다.

부끄러운 첫 시집『똥파리』를 세상에 내보인 지가 어언 4년이 흘렀다.

좀처럼 곁을 내주지 않는 시의 곁에 다가가기 위해 나름 천착해 왔지만 떡잎 한 장 뚫지 못하고 거세된다.

어쩌다 이 천형의 길에 들어섰는지는 모르지만 결코, 후회는 없다.

이 길이 형극에 길이지만 내가 세상을 살아가는 이유가 되고 힘이 되기 때문이다.

다시 한번 나를 추스르고 사람들의 뭇매를 맞을 각오로 두 번째 시집 『언젠가 푸르던 혹성의 비망록』을 감히 내보인다.

시는 결코 곁을 내주지 않고, 난 끊임없이 짝사랑할지라도 주저하지 않을 것이다.

나도 언젠가 세상과 사람의 중심을 관통하는 시를 쓰고 싶다.

2022년 여름의 끝자락
동고티에서
동초 문영

차례

2부
절반의 얼굴

3부
지금, 우리는

4부
기억의 저편

1부

한여름 밤의 꿈

그 옆 한 철 구애를 향한 탈피 그 흔적 같은
나와 내 형제를 밀어내고 젊음을 밀어내
쭈글쭈글 가난해진 일벌레
어미의 자궁 같은 허물이 면벽하고 있다

스토킹의 순간

풀잎들, 아침부터 땀 흘리며
골짜기를 내달리는 바윗등에
한사코 매달리는 이끼들
나포되지 않는 오래된 바람의 속살과
나무뿌리에 새긴 문신으로만
동편 산맥들의 갈기를 쫓아 휘둘렀을
새들이 날개를 편다
빗살무늬 돌도끼를 추억하는
갑골문자 새긴 동굴 속
쇠북소리 점점 다가오고
세로로 접힌 여름의 등 뒤에서
휘파람새의 하염없는 한숨 소리 아득하고
다시는 불만 없을 아이들의 숨바꼭질 뒤로
떳떳해질 수 있다는 믿음으로
바닥이 드러난 저수지의 발바닥 같은
민낯의 주름만이
역사의 경계를 무너뜨릴 것이다

노랑별꽃

호박 꽃잎 속 황금 촛대로 불 밝히는
너를 본다
마실 다녀오는 길 담장 밑에서 만난 황금별의 목젖
호박 꽃잎 속, 우주에서 내려온 별의 온기가 가득하다
꽃잎 가득 웃음 가득
눈부신 햇살로 황금 촛대 불 밝히는 너를 본다
가슴 가득 향기 담아 꽃피우는 내 삶도
어머니의 그 어머니의 당뇨병도
예서 물려받았단다
꽃잎 속에 얼굴 들이대면
문득, 목젖 드러내며 깔깔 웃는 일곱 살
손녀가 있고
그 어느 하늘에 호박꽃으로 피어나는
어머니의 사랑 있으니
나 있는 여기서도 둥글둥글 살라던 그 목소리
들릴 듯하니
그곳에서 내 나팔수 되어 세상을 향해
'호박꽃도 꽃이다' 힘차게 불어대느니

춘몽

엄마품에서 꿈을 읽던 아이가
길을 잃었다
사막을 건너는 낙타 등에서 떨어져
꿈을 깨면 또 꿈이고
히말라야 빙벽을 오르다 떨어져
꿈을 깨면 또 꿈이고
404호 빌딩 유리창을 닦다가 떨어져
꿈을 깨면 또 꿈이고
살얼음을 잘못 디뎌 물속으로 풍덩 빠지는
꿈을 꾸다 깨면 또 꿈이고
강도에 쫓겨 도망가다가 낭떠러지로 떨어지는
꿈을 꾸다 깨면 또 꿈이고
도대체 몇 번을 깨어나야 이 세상역에 도착할 것인가
이름 없는 간이역 나무의자에 지쳐 쓰러져 졸다가
또 다시 꿈을 꾼다
울긋불긋 흐드러진 튤립 들판을 지나
오색찬란한 수정유리성에 들어서면
백설 같은 드레스 여인에 이끌려 잠이 들고
또 다시 꿈을 꾼다
난 지금도 꿈을 꾸고 있는 중이다

꿈속에서 우연히 들른 이 지구 혹성에
잠시 머무르고 있는 중이다

한여름 낮의 꿈

그해 여름

흉흉한 소문이 돌기 시작한 게 그때쯤부터였을 거야
동네에 예배당이 생기고 장대만 한 코쟁이 아저씨가
새까만 가방을 옆구리에 끼고 집집마다 찾아다니며 이
상한 노래를 부르며 구걸하러 다녔을 때부터였을 거야
그 아저씨가 손바닥에서 바람이 솔솔 나오는 손부채를
가지고 요술을 부린다는 거였어 뿐만 아니라 그집에는
어른만 한 기계에서 바람이 나오는 바람틀을 봤다는
거 아니겠어 고것이 오또막이 앉아서 요리조리 고개
를 흔드는디 그때마다 씽씽 바람이 불어 아저씨 모자
가 훌러덩 날아가는 것을 봤다는 사람도 있어 하루는
돌쇠 녀석이 몰래 숨어 엿보았는디 아 글씨, 그 것이
휘번덕 눈을 치켜뜨더니 고개를 떨어뜨린 채 죽었다나
어쨌다나
어쨌든 그 소문이 온 동네에 퍼지고 괴상한 소문을 들
은 일본 순사가 들이닥친 날 큰 독수리처럼 생긴 것이
하늘에서 내려와 그 코쟁이 아저씨와 함께 사라져버렸
다는 것이었어

칠성아, 아 잠꼬대 그만허고 시원한 냉수나 한 사발
퍼뜩 가져오그라
매미 울음소리도 덜거덕 거리던 한낮 원두막에 걸린
햇살이 쨍그렁 부서지고 있었다

신의 눈물

그것은 올 것이다
마침내 올 것이다

음습한 뒤란의 장독대를 넘어
무성한 소문 같은 황구렁이 허물을 지나
절룩이는 어둠 속에서도
줄을 세우는 병정 같은 대숲을 지나
도적처럼 올 것이다
그것은
밝고 환한 것의 등 뒤에서 올라오는 통증 같은 것
밤새도록 끈적끈적한 구들장을 들추고
부풀어 오르는 음모 같은 것
주저앉을 듯 내려앉은 먹구름 속에서
날카로운 쇳소리로 솟구쳐 오르는
천둥소리 같은 것

해거름 녘, 집 나간 아들
까치발로 기다리는 홀어머니
저벅저벅 다가오는 어둠을 향해
크엉크엉 짖어 대는 누렁이의
쉰 목소리로 기어이 올 것이다

단풍나무

손도 잡을 수 없는
코로나 세상에
단풍나무는 더 붉게 몸이 탈 것 같다
더 아픈 것과
더 눈물 나는 것들과
손잡기 위하여 단풍나무는
더 많이 손을 내밀 것이다
한 번도 손을 잡아 본 적이 없는
단풍나무의 손바닥에 가만히
나의 손을 포개 본다
내 손바닥이 물들어
그 붉은 물 혈관을 타고 돌아
심장이 다시 붉어지도록
육신은 손을 내밀 수 없어도
마음은 손을 내밀 수 있도록

어디선가
단풍나무 붉어지는
아린 가을 저녁

몽유

울컥울컥 어둠을 토해내는 새벽
차가운 달빛의 온기가
부음처럼 배달되고
무릎에 차이는 안개를 헤집고
불확실한 경계를 나선다

분노를 삭이지 못한 한낮의 열기
세상의 중심에 바로 서지 못하고
가위눌린 여름
방구석에 웅크린 채 누런 하늘만 바라보며
바람의 그림자 찾아 나서는
매미 소리도 잦아드는 지리한 장마 끝
뭉게뭉게 피어나는 환영
식은땀 흘리며 목덜미로 오싹하게
올라오는 그리움 같은 악몽을 꾼다

발정 난 고라니 울음 같은
폭풍우가 몰아치던 밤
온종일을 태우고도 삭이지 못한 설움
시커멓게 올라오고

휘청거리는 어둠의 등 너머로
재생되지 못한 기대와 연민이
생의 곡간을 떠다닌다

기적이 생생하다

파도가 파묻히는 백사장에서도
생생할 수 있는 것인지
삶이 문밖에서 끼니처럼
기다려주길 바라지만
여름 지나고 가을 건너
눈 덮인 벌판에 벌거숭이로 서 있을 동안
한결같은 너스레를 넘기는 책갈피마다
얼룩으로 채집됐을
해석할 수 없는 생을 평범으로 위장하지만
문드러진 발자국에도 눈에 밟히는
숨넘어가는 다섯 달 핏덩이를 끌어안고
얼어붙은 달빛을 헤치며 달렸을
붙잡고 싶은 희망이었을
그 질긴 핏줄 당기면
금세 덩굴째 굴러올 것 같은
어둠 저편에서
수신불능의 신호음만 변죽거리고
삶은 재생 될 수 없는 로또번호 같은
허공에 방목하는 멍울진 기억

신기루 마을

비가 와도 젖지 않는 사람이 있다

영근 해바라기씨같이
촘촘한 안개 속에서도
길을 잃지 않는 등대가 있다
수천 번의 꿈을 꿔도 볼 수 없는
그리움이 있다
봉변 속에서도 삼켜야하는 울음이 있다
아무리 두드려도 열리지 않는 문이 있다
기다려도 오지 않는 손님이 있다
소나기 내리는 밤에도 쉬지 않고
울어야 하는 여름이 있다
얼음짱 같은 어둠 속에서도 식지 않는
불빛이 있다
거치른 들판에서도 놓치지 않는 향기가 있다
퍼내고 퍼내도 마르지 않는 우물이 있다
바람이 불어도 흔들리지 않는 사랑이 있다
언젠가 꼭 한번 가보고 싶은
샹그릴라가 있다

마침내, 꿈의 경계를 넘나들던 기억들이
문을 열고 들어 온다

청산별곡

너무 늦게 도착한 여름이
밤새 울어대는 동안
폭우에 씻겨 내려가지 못한 소리들만
달팽이처럼 고이고
슬픔도 삭히면
사진첩 속에 부처가 되고
폭풍에 찢긴 어둠 속에서
환상통처럼 감전되는
어머니
벽에서 걸어 나와 안부를 묻는다
검은제비꼬리나비 한 마리
여름 난간에 기대어
천상의 소식 전하는 동안
폭염의 한낮
홀연히 선잠 드는 사이

멀미

나는 날마다
언제 튕겨나갈지
모르는 시속 133㎞의
회전그네를 탄다

돼지 저금통

끈질긴 고백에도 아랑곳하지 않는
염화시중의 미소
바위보다 깊은 침묵으로
앉았다

우화등선

하루 한 번 허물을 벗으며
나비로의 우화를 꿈꾸기도 했을까
이제는 늙어버려서
시곗바늘이 가리키는 숫자와 타종 횟수도
일치시키지 못하는 치매 걸린 괘종시계

그 옆 한 철 구애를 향한 탈피 그 흔적 같은
나와 내 형제를 밀어내고 젊음을 밀어내
쭈글쭈글 가난해진 일벌레
어미의 자궁 같은 허물이 면벽하고 있다

밀밭 근처에도 가지 못했었다는 여자
어린 자식을 객지로 보내고
아픈 속내 막걸리를 부어 삭혔노라며
옹이 박힌 손가락으로 눈물을 씻는다
끈 떨어진 지 오래인 배꼽 언저리에서
뭉클하게 번져오는 평온이다

텅 비우고 충만한 허물이다

열대야

분노를 삭이지 못한 한낮의 열기
세상의 중심에 바로 서지 못하고
기대 선 그림자 가위눌린 여름
방구석에 웅크린 채
식은땀을 흘리며 등 뒤로 오싹하게 올라오는
그리움 같은 악몽을 꾼다
온종일을 태우고도 삭이지 못한 설움
시커멓게 어둠처럼 밀려오고

구들장 짊어지고 노란 하늘만 바라보다
바람의 그림자 찾아 나서는
매미소리도 잦아드는 지리한 장마 끝
뭉게뭉게 피어나는 환영을
발정 난 고라니 울음 같은 폭풍우가 몰아치던 밤
휘청거리는 어둠의 등 너머로
재생되지 않는 기대와 연민 져버릴 수 없어
나는 오늘도
추억의 오솔길에서 서성인다

유월의 뻐꾸기

뻐꾸기가 구슬픈 유월이 오면, 그는 어김없이 빨간 벽
돌의 예배당 돌계단 밑에 나타났다
헤진 안대가 명태 눈깔처럼 콧잔등에서 달랑거리고 푸
석푸석한 머리와 꾸부정한 모습으로 삐걱이는 목발을
절룩였다
금빛 철탑에서 은방울 같은 종소리가 울리고 궁궐 같
은 예배당에서 사랑의 노래가 울려 퍼지면 수많은 사
람이 돌계단을 오르내렸다
그는 비굴하게 구걸하지도 않았고 낮술에 벌게진 얼굴
로 보모도 당당하게 예배당 4차선 도로 가운데 벌러덩
누워 오침을 즐기기도 했다
축복받은 기쁨에 예수님 닮은 모습으로 은혜의 찬송가
를 부르던 사람들이 그 앞에 멈춰서고 그때마다 빨간
불 번쩍이며 경찰차가 달려오곤 했다
푸른 안개가 짙게 깔린 어느 날 새벽, 꼿꼿하게 횡단
보도를 기어가던 뻐꾸기 한 마리 아카시 꽃잎 되어 찬
송가도 종소리도 울리지 않는 하늘 숲속으로 힘차게
솟아오르고 있었다

다운증후군 주의보

우리는
그들을 침략자라 불렀다
늙고 병들어 희망이 없는 이 혹성에
똑같은 모습으로 아무도 모르게 스며들었다
그들의 임무는
수천수만 명의 분신을 만들어
이 지구를 정복하는 것이다
어눌한 몸짓과 미소로 위장하여
이 불온한 땅덩어리를 마구 흔들어 놓을 작정이다
불신과 반목으로 장갑을 낀 채 악수하고
마스크로 얼굴을 숨긴 채 얘기하는 지구인들에게
웃음 바이러스를 퍼뜨려
온 세상을 웃음 바다에 수장하려는 그들의 전략은
'바보처럼 살아남기'다
염색체 수를 늘린 그들은
야무진 눈매에 몸을 최대한 낮추고
입, 코, 귀는 작게 위장하여
어두운 세상에 쉽게 숨을 수 있도록 위장하였다
그들은 꼭 필요할 때만 굵고 낮은 목소리로 말하고
평소에는 눈빛으로 소통한다

뒷목에 주름 잡힌 모양으로 부상당한 부족을
확인하기도 한다

손과 발에 물갈퀴가 있는
그들의 고향은
플레이데스 성단의 바닷속이다
오늘도 뒤뚱뒤뚱 지구를 흔들며
세상의 중심을 향해
내딛는 발걸음 속에 미래가 달려온다

언젠가 푸르던 혹성의 비망록

느티나무에 걸려있던 피아노 한 대가
파열음을 내며 떨어진다
나팔을 불던 아이가 동굴 속으로 사라지고
깨진 거울 속으로 들어간 두꺼비가
파리 떼에 쫓겨 줄행랑친다
문턱을 넘던 파도가 미끄러져 물고기의 밥이 되고
널브러진 마천루 빌딩 사이로 총구를 내민
가면들이 설사를 한다
두 개의 검은 태양이 졸리운 듯 하품을 하고
쿨럭이는 애비 곁에서 발 없는 계집아이가 기도를 한다
뿌연 흙먼지 속을 뚫고 온 들개 무리들이
섬뜩한 눈빛으로 째려본다
테크노 벨리에 처박힌 비행선에서 신음처럼 노란 불빛을
토해내고
가슴에 구멍 뚫린 로봇이 풀린 태엽 같은 눈망울을 굴리
고 있다
어린아이 울음소리 가느다랗게 늘어진
동굴 속 모닥불 사이로
검은 피를 흘리며 산모가 출산을 한다

저승사자처럼 버티고 서있는 어둠을 밀치고 들어서면
부러진 진열대 사이로
보존기간 표시 없는 고등어 통조림들과 함께
휴대용 산소캔 몇 개, 생수병 몇 개가 나뒹굴고 있다
언젠가 까마득히 먼 기적소리가 이명처럼 들리고
기적이라 쓰인 피난구가 빨갛게 깜박거리고
나는 허수아비처럼 비틀거리며
충혈된 눈으로 허공을 짖는다

샐러드 한 조각을 위한 경배

한 조각의 빵이
삶을 연명하는 방식이라면
세상은 좀 더 진부해질 필요가 있다
그렇다고 보이지 않는 숲속에서
아침마다 울어대는 되지빠귀에게
하루를 질문할 수도 없다
게으른 아침
퀵으로부터 하루를 배달받았다
수신인도 모르는 하루를 무심코 열어봅니다
까른한 오후를 다짐받기 위해
달려야 하는 분주를 멀뚱히 쳐다 봅니다

한여름 밤의 꿈

어둠이 도적처럼 숨어들어
기웃거리는 사이
문틱 너머로 줄행랑치던 하루가 덜컹거리고
나는 고장 난 선풍기처럼 털썩 주저앉았습니다

땅거미 듬성듬성 기어오르는
어둠의 안쪽을 들여다보는 순간
바람난 수캐처럼 헐떡이던 시간들이
졸음처럼 앉아있고
가위눌린 여름이 식은땀 흘리는 동안
들판을 가로지르는 기적소리
눈물처럼 고이고

밤새도록 장맛비가 내리던 밤이었습니다
아기 울음 같은 고양이 울음소리가 끊어질 듯
이어지는 밤이었습니다

매미가 우는 이유

17년을 어둠 속에서 숨어 지냈다
우연히라도 마주칠 악연은 피하고 싶었다
가끔은 수컷으로 태어난 운명을
탓해보기도 하지만
폭우가 쏟아지는 밤에도
땡볕 이지러지는 도심의 한복판에서도
더 큰 목소리로 울어야 한다
이 계절이 저물면 돌아오지 못할
먼길로 떠나야 하는 것을 알기에
더욱 먹먹한 것이다
땅 속에 묻힌 설움
소음이 아닌 노래로
소란이 아닌 세레나데로 읽혀진다면
압축된 시간 속에서 소리로만 기억되는 운명을
탓하지는 않으련만

꽃의 비린내를 잡다

오월 들판에 질펀한 비린내가 수선하다
찔레꽃, 망초꽃, 염주괴불주머니, 줄딸기
그들만의 은밀한 만남이 새벽안개처럼 번지고 있다

그놈을 잡기 위해서는
단번에 멱살을 움켜쥐어야 한다
여름날 황톳길에 서 있거나
사태 난 비탈길에 앉아있으면
간낫아기 살 냄새 같은 향기로 아뜩하다
자칫 한 눈이라도 파는 날엔
돌아올 수 없는 나락으로 떨어지기 쉽다

첫눈 내린 날 아침

간밤,
세상의 열린 문들을
소리 없이 닫으며 다가온 너에게
그동안 미루어 뒀던 편지를 쓴다
멀리서 다가왔다 잦아지는
하염없는 기적소리
뒤란에선 눈 비비며 일어난 대나무들이
채 당도하지 못한 소식들을 하나씩 호명할 것이다
뒷간 다녀오는 할머니 기침소리에 놀란
바둑이 낑낑거리고
앞 산 솔숲에서 푸드등 장끼들이 사랑을 나누고
집으로 난 오솔길에 오선지의 음표처럼 찍힌 발자국
이른 새벽
어머니가 하늘문을 열고
병석에 누워있는 아버지가 걱정되어
몰래 다녀가셨나
또로롱 방울새, 기척도 없이 다가와
치르르 치르르 아침을 연다
기러기 줄 긋고 간 자리마다
목화꽃이 피어나고

목련나무 가지 끝에 매달려
아침을 물고 온 까치에게
밤새 코로나19 안녕을 묻는다

신전

절름거리는 슬픔들이
저마다 순서를 기다리는
다시는 돌아올 수 없는
이승의 강을 건넌다

어디에서 와서 어디로 가는지도 모른 채
줄기차게 빠져나가는
그간의 영화와 슬픔을 되새김하고

도대체 자라지 못한 기억의 뿌리들은
얼만큼의 깊이로 빈 가슴을 맞대고
살아 잇대는 것인지
세월의 푸른 바다 너머로
꿈결인 양 밀려오는 아뜩한 이름
그 눈물 자국 얼룩진 자리

폭염의 한낮
앞 산 솔숲에서
배추흰나비 한 마리 하늘호수 위를 날고
눈부시게 투명했던 기억의 끝자락

어떤 것의 어색한 기록들이
이끼처럼 둥둥 떠다니는

귀로

가을 숲속에
잔치판이 벌어졌다

맨 앞에서 달리던
붉나무가 과속에 걸렸다

돌아가는 길에

내 마음의 불시착

똥을 누다가
이른 새벽 양치질하다가
시달리는 출근길
지하철 안에서
문득 떠오르는 사람
채 정박하지 못한 사연들이
떠돌다가 예고도 없이
불시착한다
어디를 헤매다 이제야
제 자리를 찾은 것인지
당혹스럽다
그녀의 착륙은 늘
불안하다

2부

절반의 얼굴

물끄러미 바라보아야만 하는 난 이방인일 뿐
다만, 하늘의 법을 지켜볼 수밖에 없는 일
어미조차 거둘 수 없는 목숨
오월 뜨락에 머물던 고요가 깨지는 순간
반짝이던 연두빛 상수리나무 어깨가 들먹였다

전지(剪枝)

팔이 잘려나간 자리에 날개가
돋아나기 시작했어
깃털 하나 하나에 바람이 고이고
움직일 때마다 방울소리가 났어

그럴 때는 시냇물이 흐르곤 했어
반짝이는 물결을 거스르며 버들치가 퍼덕거리고
강남 갔던 제비가 봄소식을 몰고 오기도 했지
얼었던 강물이 풀리고 얼음 속에 갇혔던 말들이
올챙이 떼처럼 꼬물거리기 시작했어

눈보라가 몰아치는 밤이었던가
도적처럼 스며든 볼 수도 잡을 수도 없는
존재의 출현으로 사람들이 하나둘씩 쓰러지기 시작하고
두려움에 은사시나무 떨 듯 휘청거리던 사람들이
은신처를 찾아 숨어들고
상상도 못 했던 일들이 벌어지기 시작했었던 거야
어떻게 세상이 그렇게 공평할 수가 있어
야호! 누군가 휘파람을 불기 시작했어
장다리꽃이 만발한 채전에 눈사람을 심었었지
희망이 눈물이 되는 순간을 놓쳐버렸던 거야

팔뚝이 잘려나간 자리 환상통이
유성우처럼 쏟아져 내리던 밤에는
'은하수 계곡을 따라 여행하는 히치하이커'가 되곤 했지
얼룩 같은 잔설이 남아있는 산모퉁이를 돌아 나와
탱자나무 가시에 박힌 기억을 좇는
한쌍의 호랑나비를 보았어
얼어붙었던 땅들이 모두 일어서고 있었던 게지
환호성 소리에 깜짝 놀라
하마터면 뒤로 벌러덩 자빠질 뻔했어
땅 속 깊이 뿌리를 내려 힘껏 빨아올린
희망들이 창공으로 솟구쳐 꽃이 되는 순간이었어

*『은하수를 여행하는 히치하이커를 위한 안내서』(더글라스 애덤스)에서 따옴

신년

아침부터 함박눈이 목화꽃처럼 내리고
눈 그친 오후
황금빛으로 물든 격자무늬 창문
눈부셔서 바로 볼 수가 없다
아마도 비행선이 막 착륙하는 순간일 것이다
문을 열 수가 없다
혹여 문을 여는 순간
비행선으로부터 나오는 불빛으로 눈이 멀지도 모른다
지금은 기다려야 한다
회전하는 듯한 오색무지개 불빛이 깜박거리는 거로 봐
서는
잠깐 멈췄다가 다시 이륙하는 듯하다
풍경소리 같기도, 개울물 소리 같기도 한
기계음이 나고 창밖이 고요해졌다
현관문을 열고 나가보니
감나무 옆 채전에
동그란 원반 모양의 눈자국이 찍혀 있다
백목련이 엄마의 저고리처럼 피어있고
노란 개나리가 손 까부는 별처럼
환호성을 지른다

다시 희망처럼 매달린 감나무 까치밥 위로
함박눈이 하염없이 내리고
누룽지는 눈밭에서 뒹구느라 정신없고
하오 세시행 장항선 기적소리가
들판을 가로지른다

덜컹거리는 새해

자명종 소리에 깜짝 놀라
일어서는 아침
방구석에 웅크린 고요가
꽁무니를 빼며 달아나고
커튼을 걷자 문밖에서 머뭇거리던 빛들이
우르르 무너진다
뿌옇게 번져오는 창문을 비집고 들어와
장승 같은 에어컨이며
명멸하는 별빛 같은 가족사진 액자와
히드라의 산발머리 같은
드라세나콘시나를 두리번거린다
마지막 잎새처럼 걸린
섣달 그믐달이 어제처럼 생경하다
이제 눈 비비고 일어나
틀어진 현관문을 열고 나서면
헝클어진 옥수숫대 머리 위로
유령처럼 겨울안개가 몰려오고
세상은 금세 바다가 된다
듬성듬성 떠있는 집들 사이로
통통거리며 술래가 되는

먼저 떠난 사람들의 한숨처럼
산모퉁이를 돌아서는 그림자를
붙잡고 통곡하는
까마귀 떼
하늘문을 닫는다

아인쉬타인

냉장고 안에
결가부좌로 앉았습니다
지금은 상대성원리가 중요치 않아요
다만, 서산대사의 주문이
간절할 뿐입니다
오로지 내 몸을 지켜주는 참선에
정진해야 합니다
한때는 이 세상의 과학을 평정했던
그때의 패기 간 곳 없고
꽁꽁 얼어붙은 이성을 부추겨 보지만
살아생전 몽매를 깨우치시더니
죽어서도 우리의 남루를 걱정하는
얼음부처가 되었습니다

안녕, 가을

벌겋게 올라오는
취기, 벌써 취했나
여름내 뜨겁게 첫사랑이 불타던 자리
노을빛 유리창에 잠시 머물다가는 생
그렇게 아름다운 순간들은
쉽게 사라지는 것을
머뭇거리는 가을빛 스며든 숲속에
두 개의 길이 있었네
온전하지 못한 것들의 투정과
경계가 불확실한 것들의 변명으로
나뭇잎 향기 깊게 물든 숲길 끝자리
우듬지 드러누운 모퉁이를 돌아가는 초인이 있어
나 두 팔 벌리고 나가 부둥켜안으리
세상의 변방에서 가장 눈부시게 빛나는
가을 개옻나무처럼 올곧게 서지 못하고
기웃거리는, 비틀거리는
그대는 방랑자

촘촘히 숲을 메웠던 나무들 밀어낸 틈새로
제 그림자 키우며 허기진 바람 불러들인다

몰래한 사랑

연리지로 한 몸이었던 우리
아니, 생산과 위엄으로 치부했던 날들의
위로와 안식 속에서
날 선 용기와 경계의 눈길을 독려하지 않아도
번득이는 눈총을 뒤로하고
구천을 떠도는 영혼을 불러
작두를 타야만 하는 무당처럼
뒤돌아서 걷는 발걸음마다 고이는 절망을
어떤 사람은 웃음이라 읽고
어떤 사람은 슬픔이라 노래한다
해석되지 않는 삶 속에서
얼마나 많은 불면의 밤 들을
뒤척여야만 하는 것인지…
해 저물녘 길어져 가는 그림자를 따라
휘청거리는 연민 우리의 사랑을
어설픈 변명이라 손가락질하고
금단의 열매, 그 시고도 달콤한 유혹
지상에서 한 사람을 사랑한다는 것이
죄악이라면
우리가 이생을 건너
다시 또 환생하는 별이 될지라도

변절된 세상

단추를 잘못 눌러 버렸다
빨간 단추를 눌러 버렸다
순간, 세상이 바뀌었다

꿈

꿈속에서 꿈을 꾸었다
그 꿈을 꾸다가 꿈을 향해
한없이 걸었다

벌새

나는 벌도 아니고
새도 아니다
다만, 한 마리 춤추는
나비일 뿐이다

세상의 모든 화장실은 닫혀있다

세상이 온통 화장실이었으면 좋겠다
길을 가다가
책을 보다가
술을 마시다가
급하게 '여보세요' 노크하면
아무런 대답이 없다
현란한 불빛, 시멘트 향기 진동하는 도시 숲속 어디에도
똥 눌 자리 하나 없다
저녁 7시 뉴스 속보
'건장한 청년이 종로3가 공중화장실 앞에서
배를 움켜쥔 채 쓰러져 죽었습니다'
나는 재빠르게 배설 불량으로 쓰러진 청년 속으로 들어갔다
채 발효되지 못한 언어들이
채 소화되지 못한 술이
채 노래가 되지 못한 소리들이
썩은 웅덩이 송사리 떼들처럼 숨 가쁘게 입을 벌려 보지만
힘있게 달려 나갈 출구가 보이지 않는다
주루룩, 설사다
아무리 둘러봐도 사람 깊은 빌딩 숲속에
똥 눌 또망 하나 없다

삶

아이스께끼인 줄 알았더니
수수께끼였네

화재출동

'미동444번지 플레이보이나이트클럽 화재'
샤워장 스피커가 비명처럼 끊어지고
더러는 노을팬티만 걸친 채
소방차에 올라탄다
어둠이 벌레처럼 웅웅 거리는 도로엔
자동차들 즐비하고 올려다 본
하늘엔 울컥울컥 시커먼
연기가 솟아오른다

'현장도착'
희번덕 눈깔을 치켜뜬
찜질방 밖으로 화염이 솟구치고
주차장 헝클어진 자동차들 사이로
몇몇은 도망쳐 나오고
깨진 유리창 난간에 매달린
사람들이 아우성이다
발을 구르는 구경꾼들
건물의 허연 갈비뼈가 드러나고
불빛이 멈춘 짐승 울음소리
한치의 시간이 없다

마스크 꾹 눌러쓴 채
생명을 캐낸다

가면

얼굴을 가린 채
세상의 모든 사람이 동굴 속에 숨었다
대문도 걸어 잠그고
창문도 꽁꽁 닫고 커튼도 내렸다
북적거리던 거리엔 자동차들도 다 사라지고
병원마다 환자들로 소란스럽고
학교에서는 종소리가 멈췄다
코로나 행성에서
초록별 지구를 침범했다
무차별적인 그들의 공격에
온 세상이 쑥대밭이 됐다
국경도 인종도 내남없이
국회도 은행도 순대국집도
모두 멈춰 섰다
가면 속에 감춰진 속내는
점점 알 수 없는
나락으로 떨어지고
사람들은 서로 손잡기를 꺼려하며
수런거리던 사람들 온데간데 없다
이젠 가면을 벗고

따뜻한 눈물과 위로로 이 혼탁한
강물을 함께 건너야 한다

잃어버린 노래

아파트가 들어서기 전 조그만 호수가 있었습니다
연꽃잎, 갈댓잎들이 무성하게 솟아오르는 여름이면 개
개비 노래소리 가득하였습니다 송사리며, 긴꼬리명주
잠자리며 춤추는 그곳에 개개비 한 가족이 보금자리를
꾸몄습니다
새벽안개가 피어오를 때부터 땅거미가 지도록 신나게
노래를 불렀습니다
개개－비비, 개개비비
어느 날 집채만 한 포클레인이 들어와 호수를 메우기
시작했습니다
그 맑던 거울이 시커멓게 멍들어 갈 때 모든 것이 어
둠 속으로 파묻혀 버렸습니다 송사리도, 명주잠자리도
피어오르던 안개며 수정 같던 하늘도 묻혀버린 벌판엔
뿌연 흙먼지만 날리고 있습니다
오늘 새벽, 개개비 울음소리를 들었습니다
부스스 깨어나는 갈 숲에서 잃어버린 노래가 흔들립니다

낮별, 코로나19

더 이상 견딜 수 없었던 거다
쓰레기들 다 털어내려고
지진으로, 태풍으로, 바이러스로
몸부림치고 있는 중이다 살아남기 위해

두 발로 더 이상 버틸 수 없어
네 발로 이 지구를 꼭 붙잡고 있다
저 홀로 반짝이는 아쉬움으로 남아
자전속도 시속 1,332㎞
공전속도 시속 107,160㎞의
속도로 흔들고 있는

간밤 세차게 바람불더니
사과 몇 알이 튕겨 나가지 않고
지상으로 온전한 착지를 했다
뱃속이 울렁거리고 토할 것 같은 이유를
이제사 알 것 같은데
언제 튕겨 나갈지 모르는
녹슨 회전 그네에 매달린
시속 1,332㎞의 인생

바바리맨

이 봄
황사바람 속
이화여대 앞에서
바바리맨이 꽃을 팔고 있다
지나가던 여대생들이
눈 가리고 손가락 사이로
휘둥그레 쳐다본다
신비롭고 소중한 그것을
벌겋게 환한 대낮에 개처럼
흘리고 있다
적나라하게 치부를 드러내는 것이
부끄러운 일인지
부끄럽지도 않은 곳을 감추려하는 것이
부끄러운 일인지
정상시력 1.5로도 다 볼 수 없는 세상 속

이 봄
미세먼지 자욱한 대학로
꽃 비린내 가득하다

대리운전

똑바로 가기 위해 내 시의
운전대를 잡는다
세상의 변두리에서 서성이는 훈풍이다가
태풍의 눈에 다가가기 위해
부르르 떠는 핸드폰에 토끼처럼
귀 쫑긋 세우고
술 취한 세상 속으로 시위를 당긴다
초보운전으로도 비굴하지 않았던
대리인생
겨우살이처럼 떡갈나무 숙주에
세 들어 사는 비루한 삶이지만
벌거벗은 몸뚱아리로도 당당하게 걷는 사람들

대리하지 않을 수 없는
내 삶은 언제쯤
해 저물녘 저 홀로 깊어져 가는 강물처럼
당당하게 산호초 출렁대는 물길 속으로
길을 만들어갈련지

고드름

추락을 생각한다
날 선 수직의 갈등

추위 속에서도 움트고 자라나는 저 힘은
온전한 착지의 그날을 위해
솟아오름을 거스르는

시린 가슴 속 꿈틀거리는 생명을
거기 묻어두고
오직, 한 사람만을 짝사랑하다
눈물 떨구며
인력에 끌려
끊임없는 추락을 꿈꾼다

오, 저 자폭 직전의
눈부심

은행을 털다

푸른 달빛도 잦아드는 이른 새벽
사전 모의도 없이 무작정
아무도 없는 노란 방울이 달린 문을
살며시 밀어본다
꿈쩍도 하지 않는다
친구 몇 명은 망을 보고
다시 한번 문을 발로 찬다
투둑, 투둑
무슨 소리가 들린다
은행 안에서 이렇게 이른 시간에 활자를 치는 걸까
숨죽이던 어둠들이 저만치 달아나자
장승처럼 버티고 있던 문지기가 버럭 소리지른다

은행을 터는 일이 이렇게 쉬울 줄이야
가을 황량한 벌판에 우뚝 솟은 나무에서
당당하게 은행을 턴다

절반의 얼굴

알 수 없다
밑도 끝도 없는 단애
무엇을 감추려드는가
무엇을 보았는가

온 눈으로도 볼 수 없는 세상을
숨죽이며 절반의 얼굴로 기댔던 끈
놓지 못했던

점점 다가오는 침묵의 발자국
아프리카에서
중국에서
저녁 9시 뉴스에서
직장 동료의 삼촌이
친구의 어머니가
…
단 한 번도 감기에 걸린 적 없는
60도 안 된 아버지가 아무 말도 못 하고
무너져 내렸다
가족이, 일상이 온 낯으로도 맞설 수 없는

침묵의 적멸
마스크에 가려진 절반의 세상은
쇼윈더 속 마네킹처럼 눈부시다

구름 가린 달빛 사이로
오렌지빛 사랑으로 출렁였던 순간들
헛구역질로도 뱉어낼 수 없는 가시처럼
목메고
눈곱만큼의 기대와 실망이 뒤섞여 내린
진눈깨비 속 세상은 너무 까른하다

목숨

생명 하나가 지붕에서 떨어졌다
선택받지 못한 삶이
헌집 벽 무너지듯 부서졌다
눈도 채 뜨지 못한 곤줄박이 새끼 한 마리가
마당으로 떨어졌다
자유를 향한 의지는 부러진 날개처럼 접히고
도대체 알 수 없는 저 질서는 누구의 장난인지
버려진 걸까, 아니면 실수로 미끄러진 걸까
버름거리는 생명이 애타게 엄마새를 부르지만
방도가 없다
물끄러미 바라보아야만 하는 난 이방인일 뿐
다만, 하늘의 법을 지켜볼 수밖에 없는 일
어미조차 거둘 수 없는 목숨
오월 뜨락에 머물던 고요가 깨지는 순간
반짝이던 연둣빛 상수리나무 어깨가 들먹였다

비닐봉지에 담겨 버려진 신생아가
미화원에 발견되고
가뭇없는 생명은 한낮 쓰레기 더미에 휩쓸려
사라질 이름

떠도는 병

병 속에는
넘실대는 파도가 있지
우리는 언제나 수평선을 고집했어
폭풍우가 몰아 칠 때에도
천둥 번개가 사방에서 울부짖어도
한 길 만을 생각했어
먹빛 바다 동강 난 난파선 조각 위로
시퍼렇게 부릅뜬
눈깔을 피해 달아나고 싶었지
어디선가 피아노 소리가 들려왔어
노래를 부르고 싶었어
그때 강단에 서 있던 선생님이 우리에게
제일 편한 자세로 누우라고 말했어
김이 모락모락 나는 찐빵을 나눠주었지
난 작은 것으로 한 개만 집었어
교실을 나와 긴 복도를 따라 걷고 있었지
옆 반에서 합창소리가 봄날 벚꽃 터지듯이
울려나오는 것이었어
가던 발걸음을 멈추고 촛농처럼 굳어져
멍하니 서 있었어

코로나 전성시대

분분히 흩날리는 절망
우수도 지난 들판에 허공을 무너뜨리며
싸락눈이 춤춘다
사람들은 가장 빛나는 순간에
가장 뾰족한 향기로
세상을 혼란 속에 빠뜨린 나를
손가락질하지만
단지, 난 침묵으로 흐르는 깊고도 푸른
겨울 밤이 좋았어
설렘도 자제하고 번득이는 이성으로 냉정을 찾아보지만
세상의 홀대와 반목 속에서도
이번은 다르다는 빈정거림도 무시한 채
제 갈 길 곧추세우며 직립으로만 고집하던 날
그 많은 방패와 기록조차 남지 않는 낱말로
밀어낼 궁리에만 바쁜 너에게
손을 내민다는 건 자존심을 상하게 하는 일이었어

네가 호들갑으로 맞는 세상은
소문만 무성할 뿐

인력시장

뿌연 안개 속에 갇힌 어둠이 하나, 둘씩 깨어날 때 고가
다리 밑 쓰레기들과 함께 사람들의 무더기가 쌓여있다
덜컹거리며 다가온 트럭에 젖은 솜처럼 무거운 어깨들
이 짐짝처럼 실려 가고 그나마, 남아있는 몇몇이 모여
앉아 꺼져가는 화톳불로 희망을 불사르고 있다 유배지
의 갓밝이처럼 안개는 푸른 망토를 걸친 채 사라지고
사위어가는 가로등 불빛 아래 욕망의 그림자가 길게
누워 있다
부르던 목소리도 자지러지고 기다리던 사람도 다 떠나
버린 고가다리 밑 쓰레기하치장엔 조각난 햇볕만 바람
에 나뒹굴고 있다

더위를 먹다

삼복 땡볕 아래서
시원달콤한 수박 같은 더위를
사각사각 먹었습니다
은하수 푸른 물줄기를 따라
흰 돛단배가 돛을 올리고
강기슭에서 첨벙첨벙 아이들이
물장구를 칩니다
세상이 달라 보이기 시작합니다
오늘 밤늦게 플레이아데스 성단에서
그녀가 내려올지도 모릅니다
난 밤새도록 그녀와 춤을 추기로 약속했습니다
비록 우리의 소박한 꿈들이
하루살이 비행으로 끝날지라도
주저하지 않을 것입니다
가위눌린 밤도 깨우지 않고
저벅저벅 걸어가렵니다

3부

지금, 우리는

뒤돌아서 걷는 발걸음마다 고이는 절망을
어떤 사람은 웃음이라 읽고
어떤 사람은 슬픔이라 노래한다
해석되지 않는 삶 속에서
얼마나 많은 불면의 밤들을 뒤척여야만 하는 것인지…

지켜볼 일이다

이제는 눈 닫고 귀 닫고 입 닫고
그저, 지켜볼 일이다

혹독하게 겨울을 치러낸 냉이의 향기가
우리네 밥상을 풍성하게 하듯
꽁꽁 얼어붙었던 개울물들이
버들가지 손등을 적시며 봄을 나르듯
우리에게도 면면히 봄은 오고 있었던 것이다
비록, 열망했던 우리의 기대와 꿈들이
새벽 안개처럼 잠깐 왔다 사라진다 해도
우리는 꿋꿋하게 우리의 길을 갈 뿐이다
어둠의 저편에서 들려오는 비아냥거림과 독설도
모른 체하자
누그러진 어깨를 맞대고 함께 위로하자
잠시 쉬어갈 뿐이라고
우리는 결코 주저앉지 않았다고
흔들리는 희망의 깃대를 높이 치켜세워
새로운 결기를 모으고,
힘든 여정을 당당하게 견뎌내자
행여, 머뭇거리는 양심들을 다독여

하염없는 슬픔을 함께 나누자
오늘도 창공 아래 태극기는 힘차게 펄럭이고
남산 위에 저 소나무는 푸른 기개를 펼칠 것이다

이제는 눈 부릅뜨고 귀 쫑긋 세우고
떨리는 목소리로 속울음 삼키며
살펴볼 일이다

허공장례

음습한 바람의 골목에 숨어
그녀의 물렁한 변태를 기다린다
먹다 버린 쓰레기들에 섞여서도
절정의 순간만을 노린다
짐짓 그녀의 심기라도 건드는 날엔
목숨을 장담할 수 없다
오직 한순간의 사랑을 위해
미동도 없는 주검으로
허공장례를 치르는

팽팽한 활시위처럼 당겨진
거미줄 끝에 매달린
수컷 무당거미의 하루가 위태롭다

서투른 치매

여섯 살 손녀의 손을 잡고
아파트 13층 엘리베이터 앞에 섰다
손녀가 재빠르게 오름 스위치를 누른다
내려갈 건데 왜 오름 스위치를 눌렀니?
내가 여기 있으니까
여기로 오라고 했어요

나도 가끔 오름 스위치를 누른다
내가 서 있는 곳을 알려야 하는지
내가 가야 할 방향을 알려야 하는지
오늘도
인생의 엘리베이터 앞에서
미아가 된다

길

이파리 하나가
감나무 가지 끝에 매달린
이파리 하나가
앙칼진 바람에도 꿋꿋하게 기어오르던
담쟁이 이파리 하나가

늘어진 해그림자 지친
그늘 속으로
눈부시게 피었던 기억 속으로
부치지 못한 편지로
병든 가슴 후벼파던 앙금으로

찔끔 눈물 보이다가
뒤도 안 보고
달려가다가
함께 뒹굴다가
다가갈 수 없는
너였다가
나였다가
씨앗 하나가

겨자씨만 한 씨앗 하나가
이 세상을 둥글게 만든다

불편한 똥구멍과의 화해

문이 있지만 일방통행인
나갈 수는 있어도 들어갈 수 없는 문
처음엔 드나듦이 자유로웠을
지금은 들어오는 문 따로 있어
그것이 매우 불편한 세상

유통기간 지난 우유와 빵이
들어온 날
두 개의 문이
서로 합의가 이루어지지 않은
똥구멍에서 불이 난다
아무 데서나 문을 열 수 없어
괄약근을 힘껏 죄어 보지만
막아낼 방도가 없다

통제할 수 없는 욕망의 파편들이
폭포수처럼 쏟아지는 동안
다시 한번 우리의 결속과 연대를
다짐해 보지만
길은 항상 한 방향으로 닫혀
외길만을 고집했던 성깔 다 버리고

구불구불한 애간장을 돌아 다다른
벌겋게 충혈된 문
나팔꽃 같은 귓속말로 속 깊은 대화 나누며
화해의 손 내밀면
또 다른 세상 속으로
시냇물 소리 따라 송사리 떼 솟구친다

곰팡이

나는 번창이라는 말보다
번식이라는 말로 사랑하고 싶다
꾸밈도 필요도 없이
그냥 나인 채로 번지고 싶다
기름 위에 비눗방울처럼 퍼지고 싶다
어느 날 문득 자라지 못할 생각들로
눅눅해질지라도
부끄럽지 않은 홀씨로 날 수 있다면
붙들고 싶다
부패의 향기 짙게 풍기면서
실핏줄 끝으로 감전되는 사랑을 남기고 싶다
지독한 고요가 부풀어 조등처럼 번져오는
장마 속에서도
꽃내음 풍길 수 없는 독버섯으로 남아
어둠도 뿌리를 내리지 못하는
가장 낮은 지층으로 내려가
어긋난 전설들 켜켜이 박은 채
가장 어두운 곳에서 그리움의 향기를 끌어모으며
떨리는 목소리로 다가왔던
그날의 온기를 다짐하는 모습으로
기억되길 소원한다

불륜과 로맨스

전설 속에서
번뜩이는 눈총들을 뒤로하고
구천을 떠도는 영혼을 불러
작두를 타야만 하는 무당처럼
뒤돌아서 걷는 발걸음마다
고이는 절망을
어떤 사람은 웃음이라 읽고
어떤 사람은 슬픔이라 노래한다
해석되지 않는 삶 속에서
얼마나 많은 불면의 밤들을
뒤척여야만 하는 것인지…
해 저물녘 길어져 가는 그림자를 따라
휘청거리는 연민 우리의 사랑을
어설픈 변명이라 손가락질하고
금단의 열매, 그 시고도 달콤한 유혹
지상에서 한 사람을 사랑한다는 것이
죄악이라면 우리가 이생을 건너
다시 또 환생하는 별이 될지라도

마른 장마

천 길 낭떠러지
자칫 한 눈이라도 파는 날엔
저승길이다
어젯밤부터 불끈 솟아오른 잇몸으로
세상의 경계가 아뜩하고
안개 속에서 문득 드러나는 난간
우르르 무너지는 굉음
폭포다

때 이른 말매미 소리
고장 난 선풍기 날개에 끼어
끊어질 듯 이어지고
이어질 듯 끊어지고
쨍그렁 내려앉을 것 같은
정오의 햇살
찌뿌둥 부스럭거리는 하늘
한 귀퉁이를 물어뜯고 헐떡이다
저벅저벅 다가오는 어둠을
컹컹거리며 홀연히 뒤돌아본 자리에
우뚝 선 그림자가 싸늘하다

하루살이

헝가리부다페스트 남동부
티사강물 위로 긴꼬리하루살이가
일제히 춤을 추며 솟아오르고
붉은 달빛 부풀어 오르는 밤
현란한 축제가 시작되고

한때는 사랑이었고
부푼 희망이었을
순간 머물다가는 생의
깊은 강물을 건너기 위해
어둡고 막막한 흙탕물 속에서
3년이란 긴 세월을 기다렸을
아무것도 먹을 수 없는 몸으로
날개도 접지 못한 채
오직, 새끼들의 힘찬 부활을 위해
가장 찬란했던 순간에 불꽃으로 타오르는
아름답고도 처절한 순교
가로등 밑 꽃잎처럼 쌓인 주검들
피비린내 가득하고

거울

난 장님이었었지
널 처음 만나기 전까지는
아직도 잊을 수가 없어 그날의 벅찬 감동을
삐뚤어진 코와 갈매기 주름살 단추 구멍 같은 눈자위
웃을 때마다 누렇게 드러나는 이빨을 보고 주춤거렸었지
내가 아닐 거라 생각했었지
마법에 걸린 왕자의 모습 일거라 기대했던 거지
아마도 그때쯤부터였을 거야
나를 외면하고 밖으로 나돌기 시작한 게
어느 날 핏물에 엉킨 채 조각난 내 얼굴을 보고
이젠 끝이라고 생각했었지
그때부터 우리 관계가 동강 난 거라 믿어 버렸던 거야
검정 슈트에 파란 넥타이를 맨 네 모습을 보기 전까지는…
엘이디 전등불 아래 눈부시게 빛났던
잊어버리고 싶었던 널 다시 만나게 된 거지
누군가 우리의 해후를 기억해준다면
'우리가 빛의 속도로도 다시 만날 수 없다면'
추수 끝난 빈 들판에 허수아비로 우두커니 서서
돌아오지 못할 꿈길에서나 조우할 수 있다면

*『우리가 빛의 속도로 갈 수 없다면』(김초엽)

제비

허공을 물어 나른다
그녀가 물갈퀴도 없는 발가락으로
내젓는 세상은
수천 개의 바람으로 가려웠다
세상 속에 흩어진 언어들을 모아
둥지를 새기고
분홍자귀나무 꽃술에 머무는 정적과
비 갠 후의 흙냄새를 버무려
문장을 만드는
조각난 햇볕과 뒤쳐진 어둠 한 조각이라도 물어와
오늘을 밝히는 그녀는
언어의 대목장

나는 행복을 모른다
다만 끊임없이 싱싱한 지금을 물어올 뿐
아직 당도하지 않은 청결과 천진의 안부가
궁금하지 않을 것이다

오늘도
하늘 호수에 몸을 던져
건져 올리는 희망을 본다

춘설

차마 내리지도 못하고
갈 곳 몰라 헤매는 눈발
빛나는 순간들 다 놓쳐버리고
어디에서 저 많은 절망들을 몰고와
하염없는 눈물을 뿌려대는 것인지
모두가 창백한 얼굴로
코로나19 뒤에 숨어 웅크리고 있을 때
눈발들은 침묵의 등 뒤에서 서성이는 시간들을
흔들며 저벅저벅 다가왔던 것이다
기척도 없이 다가와 묵묵히 적막을 깨우며
몸을 풀고 있었던 것이다
꽁꽁 얼어붙은 강들이 밤새 크렁크렁 속울음을
훌쩍였던 것이다
두꺼운 껍질을 거두고 꽁꽁 얼어붙은 세상을 풀어
새 길을 내고 싶었던 것이다
아직 핏기도 가시지 않은 그 어린 동백꽃봉오리들이
안타까워 솜이불을 덮어주고 싶었던 것이다
수수께끼 같은 동면에 든 너를 클릭하여
희망의 꽃등 하나 피워 올리고 싶은 것이다
미련 같은 잔설 쌓인 사태 난 골짜기에 숨죽이다

버선발로 마중 나온 복수초, 변산 바람꽃의 볼기가 수
줍다
미친년 널뛰듯이 벌거숭이로 달려드는
우두커니 서 있는 겨울 숲의 구멍 난 갈비뼈 사이로
몰고 가는 저 집착

12월

눈 내리는 밤
잠든 너를 클릭한다

인생

철들지 마라
삶이 너무 무거우니까

노인

오래된 포도주를
누가 늙었다고 하는가

귀향

병든 몸으로
때로는 성을 바꿔가면서
지친 몸을 이끌고 죽을힘 다해
목숨보다 더 깊은
필리핀 앞바다 마리아나 해구 200미터
그곳에서 해산을 한다
어미의 주검을 헤치고 철없이 유영하는
렙토세팔루스
나뭇잎들이 파도에 밀리다가
은갈치의 먹이가 되어
팔다리가 떨어지고 모가지가 잘려도
심장만은 살아
팔딱팔딱 숨 가쁘게 해류를 탄다
고향에서 들려오는 시냇물 소리
비릿한 물 내음 그리며
흑등고래 같은 댐을 타고 넘고
비단강 어귀의 부비트랩을 피해
다다른 약속의 땅
아, 이제는 저 따뜻한 진흙 속에 깊이 처박혀
죽음보다 깊은 잠을 자고 싶다

*렙토세팔루스(leptocephalus): 실뱀장어, 학명은 댓닢뱀장어

환상

천정에서 물방울이 떨어진다
먼 하늘을 응시하던 초점 잃은 눈망울은
마침내 한 곳에 멈추었다
비도 내린 적 없고, 눈도 오지 않았는데
어디서 흘러내린 물방울일까
또 한 방울
방안에 칙칙한 공기를 가르고
빙글 한 바퀴 돌면서 떨어진다
뚝 소리와 함께 떨어진 물방울은
부러질듯한 아우성과 함께 흩어져 버린다
처절하다
잔인하다
천정을 다시 올려다본다
없다, 있어야 할 물방울 흔적이 없다
어슴푸레한 안개가 천정에 맴돈다
다시 떨어진 물방울을 응시한다
살며시 여윈 손가락 한 개를 물방울을 튕겨본다
입을 맞추니 따뜻하다
감정이 복받쳐 쏟아낸 결정체다
누군가 울고 있었다

아니 웃고 있었는지도 모른다
귀를 쫑긋 세워본다
들릴 듯 말 듯한 흐느낌 소리
끊어졌다 이어지고, 다시 끊어지는 소리
바르르 떠는 문풍지 사이로 바람이 불 때마다 들려온다
밤늦도록 잠못 이루며 슬퍼하는 겨울은
실연, 낙방, 죽음
파르르 떨던 문풍지가 멈추고 흐느낌도 끊어졌다
또 한 방울 콩알만 한 물방울이 주검에 덮친다

불륜과 로맨스 2

어떤 사람들은 우리의 사랑을
불륜이라 하고
그녀와 나는 로맨스라 부른다
전설 속에서
연리지로 한 몸이었던 우리
아니, 생산과 위엄으로
치부했던 날들의 위로와 안식 속에서
날 선 용기와 경계의 눈길을 독려하지 않아도
번뜩이는 눈총들을 뒤로하고
구천을 떠도는 영혼을 불러 작두를 타야만 하는 무당
처럼
뒤돌아서 걷는 발걸음마다 고이는 절망을
어떤 사람은 웃음이라 읽고
어떤 사람은 슬픔이라 노래한다
해석되지 않는 삶 속에서
얼마나 많은 불면의 밤들을 뒤척여야만 하는 것인지…
해저물녘 길어져 가는 그림자를 따라
휘청거리는 연민 우리의 사랑을
어설픈 변명이라 손가락질하고
날개 잃은 망상, 지독한 아집

금단의 열매, 그 시고도 달콤한 유혹
지상에서 한 사람을 사랑한다는 것이
죄악이라면 우리가 이 생을 건너
다시 또 환생하는 별이 될지라도

희망

시간을 모종했습니다
햇볕 잘 드는 곳을 골라
토양살충제를 뿌리고 퇴비도 넣고
물을 흠뻑 주었습니다
희망이 흐르자
시간 새싹이 올라오고
사방이 푸르름으로 가득했습니다
사랑노래로 시간이 잘 자라주길 바라며
가끔씩, 비·바람이 놀러와 친구가 되고
영롱한 이슬이 찾아올 때는
설레는 꿈을 얘기하기도 했습니다
호박벌, 부전나비도 날아들고
새벽부터 되지빠귀가 노래를 부릅니다
무럭무럭 자라 과거, 현재, 미래의 꽃을 피웠습니다
지금 열매를 맺고 싶었지만
희망은 한시도 순간에 머무르지 않고
눈부시게 환했던 날들 속으로 걸어가도
시시때때로 달려 나오는 실루엣 같은
꿈들은 잡을 수 없고
어느 날 문득, 퍼렇게 녹슨 종이 되어
이명처럼 울리고 있습니다

꽈배기

황구렁이 두 마리가
서로를 부둥켜안고 펄럭이는
포장마차 알전구 밑에서 졸고 있다
불어터진 뱃가죽 사이로
삶의 비듬들이 소금처럼 쌓이고
눈부신 빌딩 숲을 지나
형제세탁소 삼거리에 똬리를 튼
두 개의 몸이 엇바뀌어 가며
서로의 몸을 감싸고 있다
술 취한 지아비 어르고 달래다
퉁퉁 불은 몸뚱아리 철판에 패대기치면
밤새 까르르 넘어가도록 울어대며
목간통을 뒤집어 쓴 것처럼
흠뻑 젖던 황달 걸린 아이의
눈자위엔 시린 강물이 흐르고
댕그렁 깡통 속 동전 소리 깊어지면
흘러내리는 콧물 속으로 살진 버들치
한 마리 퍼득인다

두 개의 우문

산 능선에 걸친 해를 바라보면서
떠오르는 해인지 알려고 하지 마라
솟아오르기를 기다리는 사람에게는
아침이 될 것이며
저물기를 바라는 사람에게는
황혼이 될 것이다
어둡다고 두려워할 일도 아니며
밝다고 해서 세상을 다 볼 수 있는 것도 아니다
하나의 태양이 어둠을 헤치고
솟아오르는 듯 보이지만
그것은 한낱 그 밝은 빛을 스쳐 지나가는
순간일 뿐이다
끝없이 스쳐 지나갈 뿐이다

우주와 나는 하나인데
신과 나는 함께 있는데
왜 자꾸만 떨어지려고만 하는가
왜 보이지도 않는 미명의 세상 속으로
도망치려 하는가
내가 하늘이었고 우주 만물이 내게서

생겨났음을 어찌 모르는가
언제까지 밀려오는 번민을 탓하고만 있을 것인가
기울면 차오르는 것이니
바람에 흔들리는 갈대숲에 새소리 깃들고
황혼을 긋고 가는 돛단배에도 그림자 깊어질 때
구름에 달 가듯이 황홀한 카니발을 꿈꾸겠네

개표소

봉인된 흰색 유골함들이
차례차례 개표장 안으로 들어오고
기다리던 사람들의 허공 위로
긴장된 눈빛이 칼날처럼 부딪힌다
도대체 저 백색 상자의 유골들은
누구를 기다리고 있는 것일까
핏발 서린 유골들을 분리하면서
코로나19의 날선 눈빛 사이로 가슴 졸였을
그때를 떠올린다
몇몇은 함성을 내지르고
몇몇은 구석에서 훌쩍거리기도 한다
죽었다고, 민주주의는 사라졌다고
이마에 뻘건 화인이 찍힌 채 죽어갔다고
아, 저 하염없는 가여운 목숨들, 낙엽들

숨 쉴 틈조차 없는 시간들이 몰려왔다 쓸려가고
오른쪽 팔목에 바늘 같은 통증이 느껴질 때쯤
개표가 끝났음을 알리는 방송이 울리고

거울 2

벽에 매달려 있는 나를 본다
분명 나를 바라보는 눈빛이며
삐뚤어진 입술이며
그 입술 위에 뜯긴 얼룩이며
말처럼 기다란 얼굴이며
콧등에 붙은 사마귀 점이며
양미간에 솟은 주름은 분명 나일진대
손 내밀어 악수를 청해도 모른 척 외면한다
기대고 앉은 의자와 그 뒤에 보이는 책장 안에서
리처드도킨스의 '이기적인 유전자'가
나를 바라본다
그 옆을 따라 돌면 누루틱틱한 모란꽃 액자와 함께
엄마의 초상화가 내려다본다
수십 년을 함께 했음에도
애써 외면하는 표백된 얼굴, 꼭 다문 입술

동지섣달 하오의 햇살이
문턱에 걸려 넘어진 채 발버둥 치고
벽에 걸린 빛의 문을 열고 들어간다
아버지 거울에 반사된 나를
바라보는 동안

붉은머리오목눈이의 투신

그녀가 갑작스레 죽은 사연을
어떤 사람들은
바람피우다 소박 맞았기 때문이라고
그 맑고 투명한 유리 벽에 머리를 박고
죽는 모습을 보았다고
해거름녘 빛보다 빠른 바람이
그녀의 날개를, 두 다리를 팽개치는 순간
눈이 멀게 된 거라고
원래부터 눈먼 그녀가
세상의 멸시와 원망을 피해
하늘 호수에 몸을 던진 거라고

붉은머리오목눈이에겐 맑고 푸른 창공이었을
희망이 영그는 숲이었을
그녀가 부딪힌 투명한 유리창에 시퍼런 멍이 들고
고단했을 주검이
서리맞은 단풍잎처럼 젖어있다
유리창 건너편 세상 속에
그녀를 닮은 아기새 한 마리
겨울비에 젖어 떨며 어미새를 부르고

문득, 생이 머물다간 자리
쨍그렁, 파란 하늘에 금이 갔다

제비 2

난리가 났다
위태롭게 벽에 매달려 있던 집이 무너져 내렸다
사는 게 힘들다
어제는 어쩔수 없이 한 아이를 보내야만 했다
식량도 부족하고 다섯 명이 함께 살기에는 집이 너무 좁
았다
태어났을 때부터 허약했던 막내가 끝내 목숨을 다했다
남아있는 애들이라도 살아야 한다
비가 많이 와서인지 꽃도 피지 않고 나비도 벌도 없다
그 흔하던 잠자리 구하기가 하늘에서 별따기 보다 힘들다
작년만 해도 집을 조금만 나서면 먹이를 구할 수 있었는데
이제 몇십 리를 날아도 구할 수 없다
남은 네 명의 아이들이라도 튼튼하게 키워야 할텐데…
모든 게 녹록지 않다 지난해 살았던 집을 보수해서 살았
던 게 사단이었다 아이들 체중이 점점 부는 게 불안하다
싶더니, 며칠 전부터 왼쪽 바닥 끝에 금이 가는 듯 쩍쩍
소리가 나더니 마침내 집이 무너져 버리고 말았다
일기예보에는 장마가 예년보다 일찍 온다는 데 걱정이다
그나마 다행인 것은 애들이 저 홀로 날 수 있으니

그래도 산짐승, 날짐승들을 피하려면 집이 있어야 하는데 밤새도록 비는 그칠 줄 모르고, 처마 밑에 간신히 피한 새끼들이 어둠처럼 졸고 있다

플라스틱

너의 탄생은
세상을 깜짝 놀라게 했지
갖은 홀대와 수모 속에서도
웃음을 잃지 않았던 네 모습에
사람들은 환호성을 질렀었지
어느 곳에 있어도 눈부셨던 너에게
언젠가부터 돌팔매를 던지기 시작했어
겉만 번지르 한 네 모습에 속았다고

어느 날이었던가 승승장구하던 너에게
패륜아라는 오명을 씌워
청천벽력 같은 소식이 전해진 것은
향유고래 뱃속에서 네가 나왔기 때문이었을 거야
방부제 미모를 부러워했던 사람들이
등을 돌리기 시작했어
눈부신 휴대폰 몸뚱아리로
달콤한 음료수 페트병으로 화려했던 날들은 가고
어느 날 호숫가에서
시체처럼 부풀어 둥둥 떠다니는 너를 본 후
산다는 것이, 살아있다는 것이

그렇게 절박할 수가 없었어
정상에 올라서 보지 않은 사람은 몰라
그 자리가 얼마나 쓸쓸하고 위태로운 자리인지를

하지만, 쓰레기 하치장 구석에 뒹굴면서도
절대로 썩지 않는 네 모습
난 너의 그 무모함을 사랑하고 싶어
그 무모함 뒤의 허무를 더 사랑하고 싶어

푹 썩어 보조개 같은 거품을 피워보는 것이
네 꿈인 줄 미처 몰랐어
미안해

4부

기억의 저편

쉼표도 없이 달려오다
삶의 행간에 지쳐 쓰러져
잠든 아내에게
프레지아꽃 책갈피를 끼운다

아버지의 지게

질척이는 세상을
비척거리며 걸었던 당신은
지금, 어디쯤 가고 계신가요
세상에 태어나서 자식만이 최고의 유산이라고
재산을 남기고 이름을 남긴들
무슨 의미가 있느냐고
손바닥만 한 땅뙈기로 팔 남매의 입에 풀칠이라도 해
야 했던
'이해간에'와 '가늠생이'로 세상을 웃어넘겼던
단 한 번도 지난 시절을 원망하지 않았던
부모형제를 탓하지 않았던
약주로 거나해지면 부르던
'이 풍진 세상' 노래며 구수한 입담은 어디로 갔나요
그 누구보다도 조상님을 가슴 깊이 모시고
가계를 이만큼 이루었으니
이제, 더할 나위 없습니다

먼저 가신 당신의 '유'는
혹여, 꿈길에서라도 만나나요
동기간에 우애하고 욕심부리지 말며

배풀 수 있을 만큼만 살라셨던 말들은
유언처럼 명치 끝에 멍울지고
가늠할 수 없는 시간 속에서
촉 나간 형광등처럼 깜박거리는 기억을 붙잡으며
황혼의 강을 건너는 당신은
어디쯤 가고 계신가요

아내를 읽다

30년을 함께 살았는데
무슨 옷을 좋아하는지
가장 먹고 싶은 음식이 무엇인지
개복숭아 흐벅지게 피는 봄날엔
어디를 가고 싶어하는지
봄비 그친 숲속에서 고사리를 꺾으면서
누구를 그리워하는지
푸른 달빛도 슬픔으로 묻히는
달 밝은 밤에는 어디를 홀로 배회하는지
경주 이씨 고명딸로 자란 당신이
어쩌다 남평 문씨 팔 남매의 장남에게
시집을 왔는지

아직도 모른다

400리길 길 떠나는 내게
'잘 갔다 와'라는 짧은 인사와
객지에서 어쩌다 묻는 안부인사에
'별일 없지' 하고 뚝 끊어버리는
사람이 많아서 싫다며 미용실을

한 번도 간 적이 없는
온 세상이 꽃 잔치로 시끌벅적해도
TV만 보면서 '참 좋겠다' 하는
깜박깜박 잊어버리는 생일에
'당신이 최고의 선물이야' 하면서
겸연쩍게 하얀 이를 드러내는

쉼표도 없이 달려오다
삶의 행간에 지쳐 쓰러져
잠든 아내에게
프리지어 꽃 책갈피를 끼운다

눌러쓴 아버지

장례식장 북쪽 유리창에 눌러 쓴
'아버지'가 삐툴삐툴 빗물에 흘러 내린다

그때부터였을 것이다
엄마가 교통사고로 목숨을 잃고
새엄마를 얻었을 때부터
마음속에 증오의 탑을 쌓고 있었던 거다
담배를 피우긴 했어도 건강하던 아버지가
폐암 말기 선고를 받던 날
마음속에서 아버지를 벼랑 끝으로
밀어내기를 주저하지 않았던
파리해져 가는 아버지의 죽음을 목도하면서도
한 가닥 희망의 끈을 놓지 않았던

방사선 치료를 위해 대학병원에
다니면서도 염려가 아닌 변명일까 봐
두려움과 양심 사이에서 뒤척였던
한밤중에 일어나 절룩거리는 밤을 부둥켜안아도 보지만
슬픔은 자꾸만 어둠보다 독한 뿌리를 내리고

아버지가 다시는 돌아올 수 없는
먼길 떠나던 날

봄, 밤

어둠이 문신처럼 깊어지는
봄, 밤
살구꽃 쏟아지는 비탈길을
뉘엿뉘엿 넘어가는 상여도
공동묘지 앞을 지날 때는 뒤뚱거리고
그 속에 두고 온 고향
탱자나무 울타리 아래서 조각난 햇살을
깁고 있는 어머니가 있습니다

반딧불이 별빛 물어와 어둠을 수놓는
어디선가 휘파람새 울고 간다
호수 같은 어둠에 잔물결 일렁이고
때로는 절뚝거리는 그림자처럼
좇아와 닫힌 문밖에서 서성이고
신화를 몰고 가는 은하수 골짜기 위로
푸른 샛별이 홀로 푸르고
말똥거리는 기억의 바짓가랑이를
붙잡고 뒤척이지만
새벽은 멀기만 합니다

이별

한때는 푸른 숲속을
휘감고 도는 바람으로 흔들리는
은사시나무들이
서로의 어깨를 기대고
흐르는 비단강물을 따라
제 키만큼의 그림자로
깊어져 가는 슬픔을
빗물에 젖은 별들도 말갛게 그리워했을
떡갈나무 가지 사이로
쏟아지는 빛줄기이거나
푸르게 멍든 대나무 이파리 위로
기약도 없이 흩날리는 눈발로
총총거렸을

칸나

목련 나뭇가지에 빨간 팬티가
깃발처럼 나부끼고
칠칠치 못한 마누라
널 곳이 그리 없어 대문 앞에
팬티를 걸어두다니
경고도 없이 내 보내는 레드카드인가
눅눅한 바람에도 속살처럼 드러나는
철 놓친 장마가 아낌없이 흔드는 동안
불꽃처럼 타오르다 허망한 기대로 펄럭이는
여름이 저만치 물러서는 만큼
또 다른 분주를 달릴 수밖에
목련꽃 진자리
새빨간 칸나가 캉캉춤을 추고

나비길

허공을 두드리며 건너가는 길
도도하게 드러낸 생식기를 골라
알을 낳고
온몸에 가시 생채기가
화려한 호랑무늬 문신으로 채색되는
호랑가시나비

탱자나무 울타리 마른 가시에
박힌 전생의 기억
일 백번의 환생을 거듭하고야
하늘로 가는 날개 한 쌍 얻는

장다리꽃 환한 채전의 어머니
알몸뚱이 빠져나간 껍데기로 남아
덩그러니 황사바람에 날리고

이(蝨)

따사로운 햇살이 빗줄기처럼 쏟아지는
짚눌 밑이나 토방마루에 쪼그리고 앉아
허기진 배 웅크리고
졸음으로나 채울라치면
겨드랑이 끝에서 간지러움이 일어
훌러덩 헤진 난닝구 벗어 젖힐 때
후드득 떨어지는 보리들
새까맣고 살찐 보리들이 스멀스멀 기어 나와
뒹굴기도 하고 춤추기도 한다

겨우내 뿌리 내린 보리를 먹여 키운
살신성인 혹은 자비의 내 몸은
보리밭이었던가

가죽만 남은 손가락 길게 뻗어
살찐 보리 뒤집으면
투명하게 솟아오른 핏줄 속으로
흐르는 넉넉함이여
넘치는 포만감이여
갑자기 눈이 시리고 콧물이 흘러

골패인 손톱 세워
살찐 보리 한 마리
꾹 눌러 터칠라치면
사방으로 가난이 흩어진다

연(鳶)

아침부터 마신 낮술이 아프다
얼굴은 더욱 붉게 달아올라
하늘 높이 솟아오르다가
대보름날 쥐불로 타는 빈 들판에서
힘껏 소리쳐 세상을 웃을 수도 있으련만
구멍 난 가슴속에 박힌 숯덩어리로
식어가는 너를
차마, 돌아서 붙잡지 않고도 잡을 수 있는
손끝에 투명한 피멍울이 질 때
높이 솟구치리라

홀로 솟은 낮달이 슬프다
하늘 높이 날다가
때로는 바다에 추락하여 허우적이는 너를
우두커니 바라만 봐야 하는 나를
목메게 한다
대나무, 소나무 잔가지 꺾어 달집 태우던 날
이 세상 인연 끊어 버리고
흐르는 바람 속으로 무너지는 어둠 속에서
푸른 가슴 껴안고 떠올라

꽃이 되어 날다가
혹은 별이 되어
은하의 어두운 골목을 비추고

똥파리

구린내 나는 화장실이 싫었다
나도 꿀벌처럼 잉잉거리고 나비 떼 나풀대는 꽃밭에서
꿀을 빨아 먹고 싶었다

기다리는 버스는 오지 않았다
칠월 끝자락의 땡볕이 시뻘건 얼굴로 혓바닥을 내밀며
헐떡거렸다
한 번도 가본 적이 없는 군산을 향해 탈출을 시도했다
덜컹거리는 시골버스에 몸을 싣고 먼지 풀풀 날리는
신작로 길을 둥둥 떠서 갔다

코 끝으로 밀려오는 향기에 이끌려 다다른 곳 온 세상
이 꽃밭이었다
발끝에서 날갯죽지까지 똥 냄새 가득한 나를 호박벌이
경계 태세로 밀어붙였다 하마터면 찔레꽃 가시에 박혀
죽을 뻔했다

코딱지 절은 옷소매에 헤진 고무신을 끌며 동무 손을
꼭 잡은 채 버스에 올라탄 우리들을 동물원 원숭인 양
쳐다봤다

어른들의 어깨에 밀려 뒷자리에 짐짝처럼 내동댕이 쳐
졌다

고소하고 달콤한 냄새에 정신 차려 보니 제과점 진열
장이었다
제과점 할머니 어깨에 겨우 안착했던 기억이 아득하게
떠올랐을 무렵
무섭게 내려치는 파리채를 피해 유리창 틈새로 줄행랑
을 쳤다
하마터면 유리창에 갇혀 파리 목숨이 될 뻔했다

나는 그야말로 초등학교 일학년 똥파리였다
누구 하나 관심 없는 어른들 틈새에 끼어 호기심으로
가득했던 기대마저 허물어진 채 꼬리 잡힌 생쥐처럼
가슴을 파닥거렸다

얼마나 지났을까
혼비백산 탈출했다가 정신 차려 보니 날갯죽지가 찢어
지고 온몸이 상처투성인 채 질펀한 쇠똥에 처박혀 있
었다 비록, 몸은 만신창이가 됐지만 가슴은 따뜻하고

포근했다 이곳이 진정 고향인 듯 싶었다

버스는 유령 같은 도시를 돌고 돌아 처음 출발했던 성
산파출소 삼거리에 우리를 토해냈다 어지러웠다
울다 지친 동무는 비 맞은 참새처럼 잠들어 있었다
멀리, 장마로 사태 난 산등성이에서 기울어져 가는 햇
살에 반짝이는 사금파리를 보았다

자화상

발가락이 삐죽 삐져나온 검정고무신 아들과
지울 수 없는 얼룩 같은
구멍 난 셔츠의 당신을 비껴보면서
집채보다 큰 보따리를 머리에 이고
짐짝처럼 버스에 던져졌을 때 만해도
시퍼런 무청만큼 쩡쩡하던 결기는 사라지고
썩은 사과 봉지를 기다리며 까치발로
달려 나올 고사리손들을
차마 외면할 수 없었던
땅거미 내려와 서로의 안부와
위로를 건네는 집집마다
희망의 등불이 걸리는 저녁
마지막 버스를 놓치고도 잰걸음의
소맷자락을 붙잡는
눈시울이 벌겋게 짓물러버린 열무와
저 홀로 외로운 애호박이 멀뚱하고
찢어진 천막 끝에 매달린 백열등같이
깜박이는 생이 먹먹하다

뿌리

아버지는 삼마요양원에 누워있고
얼굴도 보지 못한 할아버지는
옥산면 선산에 누워있고
진조 할아버지는 형제들과 함께
창안 선산에 누워있다
나는 성산 시골집에 살고
큰아들은 손녀와 함께
조촌동 이편한 세상 아파트에 산다
할아버지는 5남 1녀를 두시고
아버지는 8남매를 두셨는데
나는 아들만 둘을 두었다
거울 속 부모님 금혼식 사진 속에
36명의 우리 가족이 있다
지금은 한 명이 없다
며칠 새면 또 한 명의 사람이 사라질 것이다
사진 속 사람들이 하나 둘 사라지다 보면
머지않아 내 차례도 올 것이다
점점 사라지다 보면 마침내 마지막 한 사람도
사라지고 기억은 희미한 전설로 남을 것이다
먼 훗날 어느 고고학자 실험실에서

대대로 새가슴에 골다공증을 앓고 살았던
화석으로 깨어날지도 모른다

어머니의 강

거북등처럼 갈라진 바닥을 보인 것은
벌써 오래 전 일이다
말라 비틀어진 손등에서부터 올라온 가려움이
손목을 타고 점점 기어올라 겨드랑이에 이르면
분홍빛 복숭아 꽃봉오리가 머리를 내민다
어릴 적 뒷동산에서 잡아왔던
눈도 뜨지 않은 때까치를 소쿠리에 가두었었다
틈나는 대로 잠자리며 메뚜기를 잡아다 주었다
저녁이 되어도 그 먹이는 줄어들지 않았다
일찍 학교에서 돌아온 토요일
다시 엄마 품으로 돌려주려 했던 때까치는
깨울 수 없는 깊은 잠에 들어 있었다
아직 솜털이 보송보송한 날갯죽지를 퍼덕이던
몸뚱아리보다 더 큰 머리 가누지 못하는 보숭이를
엄마 몰래 가슴에 품고 잤다
콩닥거리던 때까치 가슴 고동소리가
내 심장소리와 함께 딩굴다가 설쳤다

폐렴으로 고장 난 아버지를 응급실에 두고 온 밤
겨드랑이가 몹시 가려웠다
피딱지가 앉도록 긁어야만 멈추는 가려운 밤

형상기억합금

오랜만에 고구마꽃이 환하고
가시호랑나비 한 마리 슬픔처럼 앉아
헐떡이는 여름 한가운데
등물하는 아버지와 그림자 같은 어머니가 보이고
식탁에서 발 떠는 날 보고
애 엄마는 아버질 꼭 닮았다고 빈정대고
순한 눈빛으로 뜨겁게 타올랐을
그 아름답고, 황홀했던
황량한 벌판을 들개처럼 누볐던 시절을 떠올렸을

별안간 어둠처럼 무너져 내리는
유년의 깊은 강물 속으로
걸어온 발자국 위로
또 다른 발자국들이 지문처럼 쌓이고

고려장

원광효도병원 404호실 구석에
고장 난 선풍기 하나가 골골거리며 누워있다
구제역으로 멀쩡한 소들이
멀뚱멀뚱 뜬 눈으로 파묻히는 장면을 보면서
아들 등에 업혀 어둡고 칙칙한 숲길 떠나면서
험한 세상 길 잃어버릴까 봐
생명보험, 전답등기 잊지 말라 당부하시던
아버지를 버렸다
버리는 게 아니라고 집보다 더 좋은 곳으로 모시는 것
이라고
불편해하는 아들, 며느리를 위해 스스로 요양원에 갔
다고
변명 아닌 구실을 애써 갖다 붙이면서

어눌한 말씨, 뒤뚱거리는 발걸음
기저귀도 안 차고 화장실도 혼자 갈 수 있는
유일한 사람이라며 자랑하는
난 여기가 천국이여
괜찮으니 걱정하지 말라며 어서 가라고
손사래 내젓는

못난 놈, 나쁜 놈
마른하늘에 벼락 맞을 놈
나중에 꼭 그렇게 자식한테 당해라
전원 코드를 빼자 덜거덕거리며 돌던
선풍기가 풀썩 주저앉았다

나를 위한 변명

한 달 만에
요양원으로 가는 길
온 세상이 폭설로 덮여
어디가 길인지 어디가 늪인지
가늠할 수 없다
코로나19로 면회가 사절된 빙벽의 성
사람의 목숨이 파리 목숨보다
가볍다는 소문이 쓰나미처럼 밀려오는 동안
뒤뚱거리는 걸음걸이와
혼자서 똥을 싸지 못해 죄가 되는
많이 먹고 맛있게 먹는 것이 비밀이 되는
죽지 못해 살아있음이 방해가 되는

반드시
아니, 언젠가 단 한 번만이라도
집으로 돌아가
따뜻한 뚝배기 곰탕물에
깍두기 곁들인 밥을 넘기고 싶은
손주의 손잡고 달빛 쏟아지는 밤길을 걷는
꿈이라도 꾸고 싶은

저 몹쓸 세균들 지쳐 나가떨어지고
철옹성처럼 닫힌 문
목련꽃등으로 피어날 때쯤

떠도는 별로
그림자 짙은 햇살로
돌아오지 못한 기억되어 몸부림친들
되돌릴 수 없는
흘러내리지 못한 눈물로
얼어붙은 한숨이 되었을
몽매한 기다림

자화상 2

무릎까지 푹푹 빠지는
진눈깨비 눈발 속으로
외할머니 팔뚝에 매달려 미끄럼 타는
다섯 살의 내가 이순의 강을 건너는
나에게 안녕을 묻는다
미 개봉된 한 생의 자재들을 들추면
시냇가 노깡 아래 웅크린 유년의 내가
도깨비 푸른 불빛으로 명멸하고
멈칫, 내 삶의 신호등에
빨간 불이 켜지면 멈추는 자리
버거운 세월의 고개 넘어
노란 불빛 스멀스멀 기어오르고
그 환하던 살구나무 뒤 닫힌 동굴 열리면
뜨겁게 사랑이 불타오르던 곳
첫사랑이었다

관성으로만 익숙해진 현실을 어쩔 수 없는
머리는 언제나 차거운 이성으로 흔들리고
가슴 속 그 말을 끝내 하지 못하고
수천 번의 환생으로 붙잡을 수 있는 인연이라면
한 치의 망설임 없이 끌어안고 목놓아 우련만

비루한 생의 강물 건너편에 하루가
독서실 깨진 유리창의 먼지처럼 쌓이고
꼬깃꼬깃 접힌 학원비를 쥐어주며
연신 난 괜찮다던 어머니가 갈증으로 목이 메고
봄볕이 꽃송이처럼 뚝뚝 떨어지던
살구나무 그늘 아래
옆집 난이와 눈부신 사금파리 신방을 차린
다섯 살의 내가 이순의 강가에서 머뭇거리고

퇴임사

용케도 살아남았구나
제기럴,

진공청소기

눈만 뜨면
청소기로 빨아들이는 여자
용케도 잘 찾아내 사정없이 빨아드린다
언젠가는 나도
저 먼지처럼 빨려들어 갈지도 모른다
빨리지 않기 위해선
아내의 손등이나 세상의 뒤통수에
껌딱지처럼 붙어 있어야만 한다

거미줄처럼 엉킨 세상 구석구석을
빨아들이는 저 힘은 어디서 오는 걸까
언젠가는 내 마음 속에 숨겨둔 사랑도
훑어 버릴지도 모른다

팔월 한낮의 중심을 뚫고 가는
기적소리가 소용돌이처럼 감겨오고
한 생애가 유성처럼 흘렀다

추석

한밤중 누군가 창문을
두드리는 소리
잎 다 져버린 목련 가지에
수북이 쌓인 달빛 흥건하다

고인 달빛따라 번지는 기억
깜깜한 어둠 속에서
빛나는 별이었던 당신은
지금 눈에 밟히는 연민 어린 것들의
머무르고 싶었던 순간들이 있었을까

단 한 번도 해바라기 웃음을
보이지 않았던
아픈 허리 내려놓고
'연분홍치마'를 부르고 싶었을

어둠에 묻힌 추억 고르며
마실 나간 새끼 기다리던
머뭇거리는 달빛
물어오는 저녁

엄마의 양말

엄마는 추석이면
가족 36명의 양말을 샀다
그 흔한 양말을
손수 구시장에 들려 성별로 구입했다
혹독한 겨울을 기워 신던 날들을 떠올리며
남동생이 동상에 걸려 발가락을 잘라야 했던
남루를 봉합하고 있었다
인꼬리 장사를 끝내고
불 꺼진 사람들을
쉰 목소리로 불러 세우며
손주의 고사리 같은 발가락과
뒤꿈치가 뭉그러진 아버지를 떠올렸을
땅거미 내려앉은 신작로로
달려 나올 새끼들 생각에
어둠에 차이는
발걸음 재촉하며 동동거렸을

엄마도 없는 추석날 아침,
차례상 밑에 짝 잃은
양말 한 짝만 멀뚱하다

월식

절반의 고개를 넘는 당신이
너무 버거워 보입니다
다리에 힘이 빠지고
어느덧 귀밑머리엔 하얗게 서리가 내렸습니다
'이 세상에서 당신이 최고로 예뻐'란 말에
얼굴이 빨개지던 당신
이젠, 피식 웃고 맙니다
하염없이 빠져나가는 뼛가루보다 더 슬픈 건
그나마 아름다웠던 기억들이 사라진다는 것입니다
밤새 베갯머리에 수북이 쌓인 머릿카락처럼
박봉의 남루를 탓하지 않고 훌륭하게 두 아들을 키워낸
당신은 장한 어머니입니다
전기세, 콜드크림, 접시 하나에도 조마조마하던
새색시는 간 곳 없고
축 늘어진 파자마 바람에 문도 안 닫고 볼일을 봅니다
삶의 경작이 더딘 지금,
작은 몸놀림에도 숨이 차오르고 터덕이면서도
질척였던 인생,
잘 견뎌온 당신

너무 늦은 안부

아내가 토라져 있다
결혼기념일을 모른 채 하고 지나갔기 때문이다
내심 큰 선물을 기대하고 있었는지 모른다
지난 예순네 살 오월에 고아가 된 나는
아직도 엄마의 결혼기념일을 모른다
살면서 왜 한 번도 엄마의 결혼기념일을 생각하지 못
했을까
살아계신 외삼촌께 엄마의 결혼식을 물었다
때 이른 눈꽃들이 천사처럼 내려오고
하객도 없는 초례청에서 단둘이 올린 혼례였을
단 한 번도 그 슬프도록 아름다운 얘기를 들은 적이 없다

둘째 며눌아기가 결혼기념일을 축하한다고 호들갑스
럽게 전화를 한다
왜 그동안 한 번도 엄마의 결혼기념일을 생각해보지
않았을까
절박한 삶을 위해 앞뒤 돌볼 겨를 없이 달려왔을 당신
을 물어본다

왜 그랬을까

새벽잠을 깨우는 전화벨 소리
엊저녁에는 어디 갔었냐?
지발 싸우지 말고 살어라
그 어린 것들이 불쌍하지도 않냐
어제도 강현이가 전화했더라
우니라고 말도 잘 못하면서
'아빠가 엄마하고 싸우고 나가버렸어요'

시골버스에 던져진 인꼬리 보따리처럼
흔들리는 난
세상과 타협하지 못한 채
철없던 젊은 날들이 궁금한
나를 물들이는 일이
쉽게 젖어들지 못하는 것이
그렇게 힘들었던 젊음이 오래된 유물처럼
기억 저편에 녹슬고

아무 일도 없는 것처럼

그렇게 슬픈 이별을 하고
매일 새벽, 안개에 젖어있는
호수 주위를 돌고 또 돌았던 것이다
새벽 기도를 올리고 눈물로 고해성사를 하고
베토벤 교향곡 5번 운명을 정신없이 두드리고
그리고 또 운동장으로 달려가
나를 줄기차게 밀어냈다 낭떠러지로
그렇게 쉽게 빠져들 거라고는 꿈에도 생각 못했다
어쩌다, 무엇이, 나를
헤어나올 수 없는 늪 속으로 빠뜨렸을까
단 한 번도 누구를 이렇게 깊게 사랑한 적이 없었던
마흔이 넘은 아줌마에게 절절하게 덮쳐오는 그리움
미쳤다고 손가락질 할지도 모른다
꼭 한번만 다시 만나게 해 달라고 올리는 새벽기도를
그 뜨거운 눈물을
정말, 우연이라도 혹여 새벽 산책길에서라도
마주칠지도 모른다는
실가닥 같은 희망이라도 잡고 싶은
뿌연 새벽안개 속에서 실루엣으로나마 보고 싶은

비상구

길이 없다
삐걱이는 어둠을 밟을 때마다
와르르 무너져 내리는
욕망보다 깊은 콘크리트 벽
이제는 들어갈 수도
돌아갈 수도 없는
죽음보다 더 깊은 절망
허우적거릴수록
어둠 속으로 빠져든다

고단했던 생의 파편들이
무덤처럼 쌓인
모퉁이를 돌면
거기, 조등처럼 피어나는
푸른 불꽃

혹성의 비망록과 자아를 위한 처절한 몸짓

손희락 (시인·문학평론가)

1. 세상 탐색과 존재 의식

 문 영 시인은 이번 시집을 묶으면서 '시인의 말'을 통해 "어쩌다 이 천형의 길에 들어섰는지는 모르지만, 결코 후회는 없다." 고백한다. 세상과 타협하여 쾌락을 즐기면, 심적 고뇌는 감소할 것인데, 스스로 고뇌를 생산하거나 반복 재생하는 삶을 살아온 것 같다. 자신에게 묻고, 자아가 답하는 고뇌에 대한 통찰은 종결점이 없어 고통스럽다. 삶에 대한 의문을 가질수록 자의식은 억압되고, 일상은 옥죄인다. 시인은 자아를 붙들고 사유하기를 즐긴다. 그의 언어에서 표출되는 시적 느낌이 그렇다는 뜻이다.

 느티나무에 걸려 있던 피아노 한 대가
 파열음을 내며 떨어진다
 나팔을 불던 아이가 동굴 속으로 사라지고
 깨진 거울 속으로 들어간 두꺼비가

파리 떼에 쫓겨 줄행랑친다
문턱을 넘던 파도가 미끄러져 물고기의 밥이 되고
널브러진 마천루 빌딩 사이로 총구를 내민
가면들이 설사를 한다

　—「언젠가 푸르던 혹성의 비망록」 부분

　이번 시집의 표제 시는 장시(長詩)다. 한정된 지면 탓에
일부분 인용했지만, 이 세상에 대한 그의 의식을 유추하
기엔 충분하다. 시가 유니크한 때문이다. 자아 존재를 '혹
성'으로 인식한 관점도 특이하다. 혹성은 스스로 에너지
를 생성하지 못하고, 태양빛을 흡수하여 빛을 낸다. 그 빛
을 발광할 때, 카타르시스를 느껴야 하지만, 그의 비망록
은 한순간만 찬란했을 뿐, 허스키한 목소리로 채워진다.
표제 시는 참 특이하다. 보편적인 의식을 뒤집는다. ① 느
티나무에 피아노가 걸렸다거나 ② 두꺼비가 파리 떼에 쫓
긴다. ③ 파도가 물고기 밥이 된다. 등의 역설적 묘사들이
시를 읽는 독자의 의식에 일부분 혼돈을 유발한다. 세상
에 대한 풍자는 시적 기교일 수도 있겠지만, 절망적 상황
에 대한 자의식의 표출일 수도 있다. 이 세상은 정상적 시
스템이 작동되지 않는다는 날카로운 지적이다. 물론 모든
인간의 인식이 동일한 것은 아니다. 시인은 부정적 시각
으로 세상을 바라보며 언어 전략을 세우고 있음을 시 세

계에서 노출시킨다. 화자의 언어는 세상 현실로부터 일탈
이며 초월이다. 과부화가 걸린 현실에서 일탈을 꿈꾸며,
자아 존재의 의미를 시 창작에서 찾고 있다. 시의 메시지
를 통해서 동시대 모든 인간에게 말을 걸고 싶은 욕망 때
문이다. 그런 욕망에 불타다보니 장시(長詩)들이 많다. 나
는 "어쩌다 천형을 짊어졌다"고 고백했지만, '어쩌다'라는
표현은 자아 겸손일 뿐이다. 이 세상에 존재하는 어떤 직
업 중에서도 가장 고귀하고 위대한 것은 시인(詩人)임을 인
식하고 있다. 하늘의 선택으로 천형을 짊어진 것에 대한
자부심도 대단하다.

길이 없다
삐걱이는 어둠을 밟을 때마다
와르르 무너져 내리는
욕망보다 깊은 콘크리트 벽
이제는 들어갈 수도
돌아갈 수도 없는
죽음보다 깊은 절망
허우적거릴수록
어둠 속으로 빠져든다

고단했던 생의 파편들이
무덤처럼 쌓인
모퉁이를 돌면

거기, 조등처럼 피어나는

푸른 불꽃

- 「비상구」 전문

　　2연 14행으로 짜인 이 시의 화자는 어둠 속에서 "조등처
럼 피어나는 / 푸른 불꽃." 비상구를 찾은 것 같다. "죽음
보다 절망이 깊었다."는 진술처럼 시인은 고뇌하며 탐구
하며 이 세상(혹성)을 떠돌아다닌다. 어디로부터 와서 어디
로 가는지 모르는 슬픈 운명이기 때문이다. 고행의 길에
서 시 짓기는 비상구와 같은 유일한 통로이다. 자신이 쓴
시가 곧 철학이며, 자아를 대변한다는 확신을 갖고 있다.
그래서 표제를 『언젠가 푸르던 혹성의 비망록』이라고 붙
였다. 시의 독자는 그가 인식한 시적 가치가 어느 정도인
지 유추할 수 있을 것 같다. 긴 문장이든, 짧은 문장이든,
처절한 몸짓으로 언어에 혼을 불어 넣은 것이 화자의 작
품이다. 시편들 속에 혼을 불어 넣는 이유는, 동시대 인간
들을 사랑하기 때문이다.

2. 세상(혹성) 변절과 질서 파괴에 대한 시적 진단

　　단추를 잘못 눌러버렸다

빨간 단추를 눌러버렸다

순간, 세상이 바뀌었다

　—「변절된 세상」 전문

　전연 3행으로 짜인 시에서 세상이 변절되었음을 한탄 한
다. "빨간 단추"를 누른 후, 세상은 기형화 되었다고 단정
한다. "빨간 단추"에 내포된 정확한 해석, 시 의식은 알 수
없다. 파란 단추의 세상이 질서정연하고, 서로가 사랑하
는 이상적 공동체라면, 빨간 단추는 정 반대의 세상을 빗
댄 시적 묘사이다. "순간, 세상이 바뀌었다"는 진술을 보
면, 현실인식이 처음부터 거꾸로 보거나 삐딱하지 않았음
을 유추하게 된다. 물질만능과 과학의 발달로 인간의 의
식이 점점 변하더니 세상 전체가 병들어버렸다는 시적 진
단을 한다. 3행에서 "순간"이란 표현은 찰나적 급변상황
을 의미한다. 인간들이 짧은 시간에 운명을 망각한 채, 날
뛰더라는 지적이다. 화자는 사람들이 변절되기 시작한 이
시점을 기준으로 해서 천형을 짊어진 시인이 된 것 같다.
「변절된 세상」이 시는 간결하지만, 사유공간을 넉넉히 제
공한다. 인간이 신의 통제를 거부하는 '빨간 단추'를 눌러
버리면, 어떤 현상이 벌어질까. 어떻게 달라질 것인가에
대한 메시지가 내포되었다.

눈만 뜨면

청소기로 빨아들이는 여자

용케도 잘 찾아내 사정없이 빨아들인다

언젠가는 나도

저 먼지처럼 빨려들어 갈지도 모른다

빨리지 않기 위해선

아내의 손등이나 세상의 뒤통수에

껌딱지처럼 붙어 있어야만 한다

　　　—「진공청소기」 부분

　진공청소기를 돌리는 아내를 바라보며 시인은 직관한다. 동시에 사정없이 빨아들이는 힘의 위력을 주시한다. 인간이 숨어서 죄를 짓고, 탐욕의 재물을 은닉하여도 청소기(죽음)에 빨려 들어갈 수밖에 없는 유한한 존재라는 인식이다. 모든 생명은 제한된 시간의 법칙을 수용할 수밖에 없다. 고로 세상(혹성)에서의 삶이 신의 존재 망각이나 자아 교만으로 연결되면, 그 영혼은 망한다는 시적 단정이다.

　이 세상의 질서는 파괴되어 무법천지가 될지라도, 신의 손은 진공청소기처럼 콕 집어, 흡입한다는 것을 각인시킨다. 시인은 세상거리를 배회하면서 분노한다. 문 영 시인의 언어가 어둡고, 비판적인 이유가 여기에 있다. 7행 이하, 진술을 보면 "아내의 손등이나 세상의 뒤통수에 / 껌딱지처럼 붙어 있어야만 한다." 깨우친다.

시를 제대로 읽는 독자라면, 시의 결론에서 한줄기 바람 같은 상쾌함을 느낄 것 같다. 이 시에서 아내는 '신의 존재'로 변신한다. 그의 '손등', 혹은 '세상 뒤통수'에 붙어 있어야 한다는 의미는 순응하는 존재의식이다. 세상 앞 통수가 아닌 '뒤통수'라는 표현의 의미를 시의 독자는 단박에 알아차릴 것 같다. 운명을 자각한 겸손의 위치가 신과의 화해 출발점이라는 뜻이다.

인간은 운명을 망각한 그 순간부터 병이 든다. 병든 개인, 병든 사회 현상을 총칭하여 "단추를 잘못 눌렀다"고 표현한다. 세상과 인간이 병들었다는 화자의 인식은 정확하다. 때론 절망하고, 때론 희망을 가지면서 현실성을 기반으로 하여 시를 쓰는 것은 병든 의식구조에 침을 놓고 싶은 욕망 때문이다.

3. 인간, 정체성 회복을 위한 구원의 언어

수많은 시인들의 시를 통독하여 시평을 썼지만, 시인 문영의 언어는 특이하다. 사유가 함축된 짧은 시는 간결해서 힘이 있고, 긴 문장의 시는 아이러니, 패러디, 시니컬, 등 수사적 전략을 총동원한다. 연과 행 구분 없는 긴 문장의 시를 읽으면, 혼신의 힘을 다해 메시지를 안착한 열정적 눈빛과 대면하게 된다. 시의 목소리에 혼돈, 해석의 오류만 없다면, 인간의 정체성 확립에 큰 도움이 될 것 같다. 그래서 시는 '구원의 언어'라는 별칭이 붙는다.

나는 벌도 아니고
새도 아니다
다만 한 마리 춤추는
나비일 뿐이다

―「벌새」전문

시의 소재가 된 '벌새'는 우리나라엔 거의 존재하지 않는다. 실제 사물을 보고 형상화했다면 '박각시나방'의 착각일 수 있다. 외형이 벌새와 유사하기 때문이다. 그렇지 않다면 벌새는 시적 상상력에 의해서 등장한 사물이다. "나는 벌도 아니고 / 새도 아니다"는 표현에서 자아정체성을 망각한, 현시대 인간을 빗댄 싱징물일 수도 있다. "다만 한 마리 춤추는 / 나비일 뿐이다."라는 표현에서 시의 독자는 사유하게 된다. 새도 아니고, 벌도 아닌 춤추는 나비인간들은 정신적 착란 상태이다. 21세기 삶의 거리에서 흔하게 목격된다. 무리 지어 몰려다니기도 한다. 시인은 인간의 내면을 주시하면서 벌도, 새도 아닌 괴상한 인격체로 변질되어 감을 인식한다. 과부하 상태의 인간을 주시하며 '벌새'를 썼다면, 이 시의 메시지는 예사롭지 않게 된다. 시의 언어는 부지불식간 스친 깨달음에 의해서 형상화되기 때문이다. 새면 새처럼, 벌이면 벌답게 날갯짓, 먹이활동 해야 마땅하다는 의미이다. 이 시에서 사물의 본질을 주시한 것은, 자아 삶을 성찰한 행위와 같다. 인간으로 태어나 인간답게 살기 위한 처절한 몸짓을 언어로 표출한 것이 문 영의 시다.

> 얼굴을 가린 채
> 세상의 모든 사람들이 동굴 속에 숨었다
> 대문도 걸어 잠그고
> 창문도 꽁꽁 닫고 커튼도 내렸다
> 북적거리던 거리엔 자동차들도 사라지고
> 병원마다 환자들로 소란스럽고
> 학교에서는 종소리가 멈췄다
> 코로나 행성에서
> 초록별 지구를 침범했다

—「가면」부분

이 시는 코로나 급습으로 인한 마스크 착용 상황을 묘사하면서 인간의 본질을 추적한다. 가면을 착용한 위장된 삶은 고의든 타의든 용납되지 않는다. 자아 생의 비밀이 그 현상 속에 내재되었음을 각인 시킨다. 너의 참 모습, 나의 참 모습, 자아 정체성에 대한 사유공간을 제공한다. 모든 가면은 벗어던져야 한다는 시적 메시지이다. 마스크 속에서 상상하게 되는 건 참모습의 유추이다. 살며시 드러낸 눈빛을 통해서 그의 실체를 상상해야 한다. 코로나 상황이긴 하지만 동굴 속에 숨어 자신을 위장한다는 것, 자아 실체를 가린다는 것은 불편하고 위험하다.

시인의 언어는 가면을 벗어 던지는 정체성 회복에 목적이 있다. 시는 쾌락에 매몰된 인간을 깨우쳐 영원을 사유케 하는 구원의 언어이다. 인간의 본성회복을 위해 언어조형에 힘쓰는 것은 시인의 소명이며 책무이다. 오늘 우리가 살고 있는 이 시대는 더더욱 그렇다. 시인 문 영은 이 세상을 정상적이지 않은 '혹성'으로 인식한다. 화자의 언어가 슬픔과 비탄을 토로하며, 절망적 현실을 노래하는 것은 시대적 상황이 급박한 때문이다. 구원의 언어인 시가 배척당하는 시대임은 분명하지만, 시인의 메시지는 정체성 회복을 위해 몸부림치는 고귀한 영혼을 찾고 있다. 자아내면과 삶의 층위를 일깨우는 시를 가슴에 품은 채, 술을 마시고, 그 술에 취해 잠이 들고, 다시 깨어나기를 반복하며, 코로나바이러스와 함께 늙어 간다. 육체는 늙고 병들어가지만, 심적, 영적내면은 창작 열정으로 소생상태에 있다.

오래된 포도주를
누가 늙었다고 하는가

—「노인」전문

시인은 자신을 늙었다고 인정하지 않는다. 인간 치유
에 필요한 "오래된 포도주"라고 자부한다. 포도주를 세상
에 흩뿌리는 심정으로 인간을 위한 시를 쓴다. 삶이 다하
는 순간까지 천착하겠다는 결의이다. 문단 데뷔 이후, 25
년 동안, 문 영의 언어는 거친 듯하지만, 농익었다. 지금
이 언어 절정의 때인지도 모른다. 언어 포도주 빛깔은 약
간 탁할지라도 병든 영혼을 치유하는 면에서 시적 효용이
확인된다.

4. 현실 인식과 일상 예찬

화자의 시적 특징은 삶과 생존에 대한 이미지를 리얼하
게 그려 낸다. 그의 목소리엔 생존을 위한 절규와 삶에 대
한 허무 의식이 독자의 가슴을 아프게도 하지만, 위로하
기도 한다. 독자와의 소통을 중시하긴 보단, 때론 일방적
인 목소리로 부르짖는다. 의미 해독은 독자의 몫이다. 그
가 포용하려는 계층은 온몸으로 삶의 무게를 견디는 고단
한 존재들이다. 한 조각 빵을 위해 몸부림치는 독자에 대
한 안타까운 감정들이 언어 속에 녹아 있다. 화자는 궁핍

하여 힘든 삶을 영위하는 건, 아닌 것 같은데, 그의 노래는 목쉬어서 슬프다. 빵의 분배에 대한 차별을 인정하면서도 그 자체를 거부하는 관념성을 확인하게 된다.

한 조각의 빵이
삶을 연명하는 방식이라면
세상은 좀 더 진부해질 필요가 있다
그렇다고 보이지 않는 숲 속에서
아침마다 울어대는 되지빠귀에게
하루를 질문할 수도 없다
게으른 아침
퀵으로부터 하루를 배달 받았다
수신인도 모르는 하루를 무심코 열어봅니다
까끌한 오후를 다짐 받기 위해
달려야 하는 분주를 멀뚱히 쳐다 봅니다

—「샐러드 한 조각을 위한 경배」전문

이 시는 삶과 빵에 대한 메시지를 내포한다. 삶의 본질에 대한 고뇌는 화자에게 밀착되어 분리되지 않는다. 5행에서 "아침마다 울어대는 되지빠귀에게 / 하루를 질문할 수도 없다." 답답함을 토로하며 독자에게 말을 건다. 삶의 방식이나 스타일이 바뀌었으면 좋겠다는 목소리에 영적 휴식을 갈망하는 모든 사람들이 동조할 것 같다. 시는 정신의 산물이다. 이런 내용의 시가 쓰여졌다는 것은, 고뇌가 깊다는 증거이다. 시의 독자는 자신의 삶과 빵만을 위해서 고뇌하면 되지만, 시인은 모든 인간을 위하여 고뇌한다는 차이점이 있다. 화자의 시적 목소리는 슬프지만, 슬픔을 감춘, 희망적 언어로 독자를 포용한다.

세상이 온통 화장실이었으면 좋겠다
길을 가다가
책을 보다가
술을 마시다가
급하게 '여보세요' 노크하면
아무런 대답이 없다
현란한 불빛, 시멘트 향기 진동하는 도시 숲 속 어디에도
똥 눌 자리 하나 없다

— 「세상의 모든 화장실은 닫혀 있다」 부분

이 시에서 세상현실을 보는 시각은 뚜렷하다. "모든 화장실이 닫혀 있다"는 단정이다. 이 시의 모티브는 자아체험이다. 긴급 상황 속에서 화장실로 달려갔지만, 굳게 닫힌 문 앞에서 쩔쩔 맨 경험의 표출이다. "똥 눌 자리 하나

없는 세상"이란 표현은 현실 풍자이며 야유이다. 소외된 계층의 삶이 고통 속에 빠져 있음을 풍자적 기교로 꼬집는다. 길을 가다가, 책을 보다가, 술을 마시다가 아무 때나 고뇌와 슬픔을 배설할 수 있는 그런 세상을 시인은 소망한다. '화장실이 닫혀 똥 눌 자리 없다'는 정확한 해석은 일부 계층에게만 허용된 공간이라는 뜻이다. 현시대의 비인간적 차별 상황을 집요하고 예리하게 투영한다. 서민들의 삶, 그 애환을 묘사한 이 시는 독자의 공감을 끌어낼 것 같은 예감이 든다. 인간의 성공판단 기준이 배설 공간(화장실) 두 곳이 존재하는 아파트라는 우스갯소리가 떠오른다. 빈부차별이 극대화된, 세상을 바라보는 화자의 눈은 독기를 충혈 되어 있다. 배설 공간이 보편화된 유토피아를 소망하기 때문이다.

아이스께끼인 줄 알았더니
수수께끼였네

―「삶」 전문

전연 2행의 짧은 시로 시인은 독자를 위로한다. 똥 눌 곳도 없고, 빵 한 조각 얻기 위해 온종일 땀 흘려야 하지만, 냉혹한 현실 속에 사랑과 행복이 은둔되어 있다는 희망을 안착한다. 삶=수수께끼라는 등식은 비밀의 보자기, 그 매

듭을 풀면 된다는 깨우침이다. 시는 구원의 언어로 병든
인간의 의식을 비수같이 찌른다. 단 두 줄의 시가 발산하
는 여운은 독자의 의식 안에서 잔잔한 파문을 그릴 것 같
다. 짧지만 강한 메시지 때문이다.

5. 마무리

 문 영은 시인의 말 결미에서 "나도 언젠가 세상과 사람
의 중심을 관통하는 시를 쓰고 싶다" 독백한다. '사람의
중심'을 관통한다는 의미는 언어를 매개로 한 공감과 소통
일 것이다.

  철들지 마라
  삶이 너무 무거우니까

 ─「인생」 전문

  꿈속에서 꿈을 꾸었다
  그 꿈을 꾸다가 꿈을 향해
  한 없이 걸었다

 ─「꿈」 전문

화자의 시, 지배적인 톤은 교훈적이며 자아 깨달음의 공유를 목표로 한다. 인용한 두 편의 시는 독자와 소통 면에서 문제가 없다. "철 들지 마라" 삶이 너무 무겁다는 메시지는 대충 타협하여 살자는 의미가 아니다. 본질 면에서 삶은 고통이지만, 깊이 관조하면 극복 가능하다는 뜻이다. 두 번째 인용 시 "꿈을 꾸다가 꿈을 향해 / 한 없이 걸었다"라는 표현은 인간의 욕망 그 본질과 한계를 설정해 준다. 이 세상 모든 것을 소유하더라도 허무한 꿈과 같다는 깨우침이다. 또 다른 중의적 의미는 삶의 지속성이다. 생의 마지막 순간까지는 세상을 관찰하며 영원을 지향해야 한다는 메시지이다.

문 영의 시가 아름답게 느껴지는 이유는 언어적 진솔함 때문이다. 자신이 속한 세계와 현실에 대하여 탐구할 때, 자신에게 묻고 대답하는 형식을 취했다. 위선, 거짓, 체면 등은 철저히 배제하여 벌거벗은 모습으로 포착된다. 시인은 자신의 작품을 '혹성에서의 비망록'이라 표현한다. 시인의 비망록은 지속적으로 쓰여지겠지만, 그의 사유의식이 본질에 관한 것임을 이해하는 독자는 그리 많지 않을지도 모른다.

한 가지 분명한 것은 그의 비망록이 사후에도 인간의 곁에 존재할 것이라는 확신이다. 시적 언어는 투박하여 매끄럽지 않지만, 내포된 진리는 대중의 고단한 삶을 포용한다. 시대적 소명감에 불타는 문 영 시인의 삶은 시적이다. 인간을 사랑하여 시를 쓰고, 시를 사랑하여 한 생을 투자한다. 장시(長詩)들이 많아서 일별하지 못했지만, 「대리운전」, 「귀로」, 「아이쉬타인」, 「고드름」, 「정월대보름」, 「사랑」, 「물살」, 「퇴임사」, 「서투른 치매」, 「춘몽」, 「신의 눈물」, 「단풍나무」, 「아내를 읽다」, 「돼지저금통」 등은 음미할 만한 작품이다. 인연 닿는 독자의 일독을 권한다.

언젠가 푸르던 혹성의 비망록

문영 지음

발 행 처 · 도서출판 청어
발 행 인 · 이영철
영　　업 · 이동호
홍　　보 · 천성래
기　　획 · 남기환
편　　집 · 방세화
디 자 인 · 이수빈 | 김영은
제작이사 · 공병한
인　　쇄 · 두리터

등　　록 · 1999년 5월 3일
(제321-3210000251001999000063호)

1판 1쇄 발행 · 2022년 12월 20일

주소 · 서울특별시 서초구 남부순환로 364길 8-15 동일빌딩 2층
대표전화 · 02-586-0477
팩시밀리 · 0303-0942-0478

홈페이지 · www.chungeobook.com
E-mail · ppi20@hanmail.net
ISBN · 979-11-6855-100-8(03810)